JN103747

FLOWER

HARAYAMA Reiko

原山玲子

文芸社

もくじ

1　路子の日々

ことの始まりは、年末年始の休みが明けた日の午後。

竹村支店長の一言だった。

「佐伯さん、暇そうだねぇ」

え？

私は営業マンの黒岩さんに頼まれた書類のコピーを、必死でしていたのに。

佐伯路子、二十六歳。

これまで、いくつかの会社を転職してきて、辿り着いたのが、ここ、フラッシュネットだった。

半年前に入社した時は、ちょっとかわいい制服が気に入っていた。そんな目先のことで喜んでいたのが、そもそもの間違いだったのかもしれない。

「暇じゃないんですけど」

私が言うと。

「だって、さっきから全然パソコンに触ってないじゃない」

さっきからって、私をずっと見ていたの、この人は？　だったら、あなたの方がずっと暇じゃないですか！

「仕事あげるから、こっちへ来て」

「はい」

私が複合機の蓋を開けたその時、悲劇は起こった。

沢山の書類が、複合機の裏側に滑り落ちてしまったのだ。

「あ～あ、何してるの」

竹村支店長の呆れ声が、背後に聞こえる。

「社会人になって、もう大分経つんだろ？　コピーもろくに取れないの？」

わかってるんだったら、私に新しい仕事を振らないで下さい！　なんて、言えるわけがなかった。

光回線を売る、フラッシュネット長野支店。

ここで、得意先のクリスコーポレーションとタッグを組んで、キャンペーンをすることになった。

クリスコーポレーションは、全国各地に拠点のあるカーディーラーで、ここ長野にも、沢山の営業所がある。

そこで、社員さんたちが一丸となって、フラッシュネットの目玉商品、電源だけでＷｉ‐Ｆｉがつながるルータをお客様に紹介してくれるというのだ。

フラッシュネットの社員さんたちが、キャンペーンの概要や、私たちの対応のマニュアル、所謂《いわゆる》虎の巻を作ってくれた。私は契約社員だけど、社員さんたちに一人混じって、夜遅くまで残って作った。

それが、その週の金曜日だった。

翌月曜日の朝、私が出社した時、私は目を疑った。

あの虎の巻が、私のデスクに載っているじゃないの！

私一人でみんなやれという、誰かの圧力だと思うと、眩暈がした。

その日から、私の仕事は倍以上に増えた。

クリスからの注文メールは、毎日何通も来る。それを私が東京本社に転送して、ルータを届けてもらう。

それからが問題。

届いたルータを、私がクリスの支店ごとに振り分けて、営業さんに持って行ってもらう予定なんだけど、営業さんたちは、忙しがって持って行ってくれない。クリスの支店から、早く持って来いと怒られるのは私だ。

支店長は、

「宅配便で送れ」

と言うが、梱包している暇がない。梱包資材がない。

結局、ルータは倉庫に山積みだ。

女子社員、特に契約社員は、毎日定時に帰っているけど、私はそうもいかなくなった。その残業が曲者だった。

電話のベルが鳴っても、男性社員さんたちは、一向に出てくれない。私は電話に出る暇もないくらい忙しいから残業しているというのに。

男性社員さんたちは、世間話をしながら、

「佐伯さん、電話鳴ってるよ」

なんて、呑気に言っている。

電話のベルが聞こえないわけないじゃないの。あなたたち、世間話してるなら電話に出てよ！　とも言えず、電話に出ると、面倒なクレームや、回線の接続方法をゼロから教えなければならず、残務処理どころではなくなる。

それで、ますます帰りが遅くなるというわけ。


帰宅して、泣きながら両親に訴えても、仕事人間のお父さんは、

「路子は何を言ってるんだ」

と、不可解な顔をしていた。

「そんな大きな仕事を任されるなんて、いいことじゃないか。何が不満なんだ」

お母さんに至っては。

「いつまでそんな仕事の愚痴言ってるの。仕事が忙しいのはどこへ行っても同じ。今まで何度も転職してきたんだから、それくらいわかってるでしょ？」

と説教し、最後には、

「それより、そろそろ結婚のことを考えなさい」

でシメてしまう。今、それどころじゃないのに。どうしてここに、結婚が出てくるんだろう。

＊

「佐伯さん、市内くらい自分で届けたら？」

ある日、支店長が言ったので、私が素直に車の運転ができないと言ったら、言われた。

「そんなの、彼氏の運転で行けばいいじゃない。いるんでしょ、彼氏？」

そりゃ、いますけど……。

「ごめんね、克巳にまで迷惑かけちゃって」

「俺はいいけどさ」

支店長の無謀な言いぐさに、ついに私は、彼氏の田口克巳を引っ張り出した。私も、もう一度会社に戻ることはわかっていたけど、私服に着替えて、束ねていたストレートの長い髪もほどいた。

克巳はホテルマンで、夜勤明けだと言っていたけど、快諾してくれた。男子校の演劇部で女形をしていたという克巳は、小柄で華奢な体格ではあるが、優しくて、芯のしっかりした好青年だ。

「それにしても酷いな。ブラック企業だな」

「そうだよ」

二人で市内の支店に向かう途中、花屋の前を通った。あそこは確か、高校の華道部で後輩だった、月岡マキちゃんの家だ。家が花屋だから華道部に入ったと言っていた。華道部と言っても、生け花よりもフラワーアレンジメントが主だったけど。

私が思いを巡らしていると。

「あ」

克巳は、車を停めた。

「電話？」

「いや、メール」

克巳は、ちょっとスマホを見ると、すぐ運転を再開した。

「薫からだった」

「そう」

薫というのは、克巳の異母お兄さん。背は克巳より十センチくらい高いかな。初めて会った時は、薫さんはまだ大学生で、茶色の髪が肩につくくらい長くて、ピアスもしていて、少し怖い感じがした。でも、薬剤師として就職してからは、髪も切って、大人っぽい感じになった。実際克巳にとっては、最も頼りがいのあるお兄さんらしい。

克巳は、結構複雑な家庭に育っている。なんでも、薫さんのお父さんと、克巳のお母さんが、援助交際とやらをして、克巳が生まれたようだ。援助交際がどういうものか、私はよく知らないけど、あまりいいものではなかったらしい。何せ、お母さんは十五歳で克巳を産んだのだから。

そんな事情があっても、克巳は優しく、まっすぐに育った。ただ、ちょっぴり身体が弱くて泣き虫だ。一緒に映画を観に行くと、私が泣いていないのに、克巳が泣くというパターンは少なくない。

克巳のお母さんは、克巳が高三の冬に、交通事故で亡くなった。薫さんのお母さんも、薫さんが十六歳の時に、病気で亡くなったそうだ。母親を亡くした兄弟同士、支え合って生きてきたんだろうな。

大学入試が迫っていた時に、克巳に降りかかってきた悲劇。それでも克巳は屈しないで、大学入試に臨んだ。たまたま隣の席だった私には、克巳にそんな事情があったなんて知る由もなかった。

その日、私たちは初めて言葉を交わした。昼休みに、私がコンタクトレンズを落として困っていたら。

「あの」

克巳が、遠慮がちに声をかけてくれて、机の端をさした。そこに、コンタクトレンズがあったというわけ。

その私と克巳が大学で再会し、付き合い始めるまで、それほど時間はかからなかった。男子校出身の克巳と、女子校出身の私は、どこかぎこちなかったけど、真面目に付き合ってきた。

私のお母さんは、私に早く結婚してほしいみたいだけど、コンシェルジュに昇格したばかりの克巳を、あまり困らせたくない。今はこうして、私のわがままを聞いてくれるだけで十分。


支店にルータを届けた帰り道、私はホームセンターに寄ってもらい、梱包資材を買った。

会計の時だった。

「領収書お願いします」

私より先に、克巳が言った。

「お名前は」

「フラッシュネットで」

「ちょっと、克巳！」

私は、店員に聞こえないように、小さい声で言った。

「いいんだよ。路子が自腹切ることなんかないんだから」

「……ありがと」

でも、果たして経費が下りるかどうか、微妙だな。

その後、私たちは食事した。大通り沿いのビルの上階にある、夜景のきれいなイタリアン。そのスペックの割にはリーズナブルな値段で、私も克巳も気に入っている。

「路子、さっきクリスで怒られてたみたいだけど、大丈夫だった？」

「え？　ああ」

私は、ピザをつまみながら、苦笑した。

〈さんざん待たせた上に、受領書にハンコだと？　ずいぶん上から目線だな！〉

ということを言われた。だから、営業さんも行きたくないんだよね。

「そんなの、営業さんがさっさと持って行ってくれればいいんじゃないか。路子が怒られることじゃないよ」

克巳はいつものように、かばってくれた。

「それから」

克巳はフォークを置いた。真面目な話をする時の、克巳のクセだ。

「保証書のハンコくらい、他の誰かに押してもらえばいいじゃないか」

キャンペーンを始めた頃、ルータの保証書に会社のハンコを押さなかったと言って、酷く怒られた。でも私には、そこまで頭が回らない。そもそも、誰もそんなこと教えてくれなかった。

「路子一人で抱え込むことはないんだからさ。たとえば、受付の、お客様からは見えない場所に、『ルータを受け取ったら保証書にハンコを押して下さい』って貼り紙しとくとか」

そう。毎日何十台と届くルータの保証書にハンコを押しているうちに、営業さんはみんな出払ってしまい、配送しようにも梱包資材がなく、結局克巳の手を借りることになってしまった。

「今日はホントにごめんね。いつか必ずお礼するからね」

「そんなのはいいんだけどさ。あんまり無理するなよ」

克巳の車を見送ってから、私はオフィスに戻った。夜の九時を回っている。社員さんは誰もいない。

私は私服のままで、まず複合機のトレイを一個ずつ開けた。一つのトレイの用紙が少なくなっているので、補充する。それからシュレッダー。くずがまだ一杯になっていないことを確認する。いつの間にか、こんな雑用も私の仕事になっていた。

何で私が、という気持ちは拭えない。そんな私の気持ちにはお構い無しに、みんな言う。

「佐伯さん、これ百部コピーしてくれる？」

「佐伯さん、シュレッダーのくず片付けて」

私は誰もいないオフィスで、自分のパソコンに向かうと、早速ワードで貼り紙を作った。かなり派手な色遣いにした。

〈皆さんにお願いです。ルータを受け取ったら、保証書にハンコを押して下さい。私一人では回らないので、ご協力をお願いします。佐伯〉

*

貼り紙作戦は失敗だった。

「佐伯さん、ルータ来てますので、お願いします」

営業の夏美ちゃんが、私に言った。

「あ、はい……」

夏美ちゃん、あれだけ派手な貼り紙、見てないのだろうか。

だけど、

「貼り紙あるでしょ？　保証書にハンコついてくれる？」

なんて言えない。

私が一人でルータの段ボールを台車に乗せて運んでいると、これから上田方面へ営業に出かける黒岩さんとすれ違った。

「今から上田へ行くけど、ルータ持ってく？」

「すみません、まだ準備できてないんで、配送します」

「一人じゃ大変だろ？　みんなに手伝ってもらいなよ」

でも私は、まだ入社して半年だ。周りはみんな先輩だ。年下でも、先輩は先輩だ。先輩に向かって、あなたはあれ、あなたはこれをやって、なんて言えるわけがない。

私が黙っていると。

「せめて、松本界隈は松本支店にお願いしたら？」

と言い残して、黒岩さんは出かけていった。入れ替わりに、外出していた遠藤副支店長が戻ってくる。

「佐伯さん、お茶入れてくれる？」

「はい」

私は段ボールを廊下に残したままで、副支店長のお茶を入れて出した。途端、電話が鳴る。

別の女子社員が、電話に出る。

「フラッシュネット長野支店でございます。――はい、いつもお世話になっております。――はい、少々お待ち下さいませ」

彼女は受話器を保留にすると、私を見た。

「佐伯さん、クリスの佐久中央店が、ルータいつ届きますかって」

そんなの、私に言われても困る。営業さんの都合次第だ。

「私、ちょっとわからないから……」

そう言っても。

「とにかく電話替わって下さい」

そう言われて、渋々受話器を取った。

「お電話替わりました。佐伯と申します」

その私の耳にも、他の女子社員たちの声が聞こえてきた。

「担当者なのにわからないって、無責任だよね」

「ホント、もっとしっかりしてほしいよね」

彼女たちの、クスクスと笑う声。

そして。

「この前も、黒岩さんに頼まれたコピー、ちゃんとできてなかったね」

「ああ、複合機の裏側に落としちゃったやつね」

「何やってもうまくできない人って、いるんだよね」

わかってるなら、手伝ってくれればいいのに。

「前に、お客様一人、他の回線に乗り換えちゃったよね」

「そうそう、佐伯さんがちゃんとしなかったから」

ああ、そんなこともあった。


私がここに入社して初めて取った電話でいきなり、

「馬鹿野郎！」

と怒鳴られた。

家のＰＣが、Ｗｉ‐Ｆｉを拾わないという苦情だった。

私は、他の人に尋ねながら、言われたように対応したが、

「この電話で直せよ！　今の世の中、それくらいできるだろ！」

私ができないと説明したら、

「もういいよ！」

と怒鳴られて、電話が切れた。

私はその後、トイレに駆け込んで大泣きした。

結局そのお客様は、別の回線に乗り換えた。

そして、その人かどうかは知らないけど、ここフラッシュネット長野支店のことを酷評した記事が、SNSに載った。私の対応の仕方が悪かったからだと、支店長に昼休み返上で油を絞られた。私の失態なのだから、私だけを叱ってくれればいいのに、グループ全員だ。私はみんなに申し訳なくて、それ以来、グループのみんなの顔を見ることができなくなってしまった。

「それは、まだ慣れてない路子をみんなでフォローするようにっていう意味で、みんなに言ったんじゃないかな」

と、克巳は言ってくれたけど、私にはそうは思えない。私に対する嫌がらせだと、どうしても思えてしまう。

「――あれで、私たちまで怒られたよね」

「ああいう時は、一言謝るべきだよね」

「なんで、そういう基本的なことができないかね」

「ほら、今ADHDとかなんとか障害とかあるじゃない。それじゃない？」

そうかもしれない。ネットや本で、そういう障害の記事を見ると、私に当てはまること、たくさんあるもの。

でも、もし私がそうだったとしても、障害者差別みたいな物言いはいけないと思うけど。

「――もしもし、もしもし？」

電話の向こうから、訝しげな声がする。

しまった、電話中だった！

みんなの声とか考え事で、全然聞いてなかった！

「あ、はい！」

「で、どうなんですか？」

「すみません、何がでしょうか」

「何がって、今言ったことだよ」

「あ、ルータの納期ですか？」


次の瞬間。

「人の話ちゃんと聞けよ！」

と、耳をつんざく罵声が聞こえ、電話は切られた。

私は一人吐息した。誰がなんと言おうと、私の失態だ。

どうして私って、こうなんだろう、と、落ち込む間もなく、

「佐伯さん、お客さん来てるよ」

と、遠藤副支店長の声。

支店長も副支店長も、何故私にばかり来客対応を言いつけるのだろう。オフィスには、何人も社員がいるのに。しかも、今のケースは明らかに、私の電話が終わるのを待って、私を呼んだんだ。私が電話してる時くらい、他の人に頼むとか、自分で出るとかしたらどうなんだ。

「はあい」

私が受付に出てみると、郵便屋さんだった。

「お世話様です。ありがとうございます」

郵便屋さんくらい、他の社員さんが出てくれてもいいのに。

私が郵便物を、その宛先の人のデスクに置いて回っていると。

「ちょっと、廊下にルータ出しっ放しなの、佐伯さん？」

外出から戻った竹村支店長が言う。

「すみません、すぐ片付けますから」

ルータを倉庫にしまって戻ってくると、遠藤副支店長が。

「佐伯さん、シュレッダーのくずがいっぱいになってるよ」

「はあい」

私は慌てていたので、シュレッダーのくずを床にばらまいてしまった。

「またやってる～」

支店長が吐息する。毎日毎日、こんな感じだ。

何故私一人がこんな目に遭うのかわからないが、私が誰に向かって一番腹を立てているかというと、他でもない、私自身だ。

私が上手く立ち回りできないことを、きちんと理解してくれるのは、克巳しかいない。

倉庫に山積みされているルータを減らすべく、私は松本支店にルータを発送した。


その翌日、松本支店から電話がきた。

「何なんですか、このルータの山は！」

松本の総務の女性は、かなり威圧的に言った。

「あの、クリスのキャンペーンのルータ、松本界隈の分です」

私が説明すると。

「私たちに配れっていうんですか？」

と、またもや威圧的な声がした。

私はすっかり震え上がってしまった。

「でも、私一人じゃ本当に手が足りないんです。黒岩さんも言ってましたし、協力していただきたいんです」

私がしどろもどろになって、そういう趣旨のことを言うと、納得してくれたようで、電話は切れた。


しかし、納得なんかされてなかった。

「佐伯さんねぇ」

今度は、松本の営業の男の人から電話がかかってきた。

「松本分のルータは、そっちで直接配送してもらっていいよ」

「えっ……」

「黒岩君には何も言わなくていいから。そっちでみんなやってもらっていいから」

「で、でも……」

「そういうことで、よろしく」

電話は切れた。

「やってもらっていいから」じゃない。私がよくない。

これが営業の話術か、と、場違いな感心が浮かびながら、私はただ茫然とデスクに座っていた。

＊

そんなある日。

来客を告げるチャイムが鳴ったけど、私は保証書に押印している真っ最中で、できれば出たくない。私が入社した頃は応対していた女性の営業さんたちも、いつの間にか、私をちらっと見るだけで、出てくれなくなった。

私が知らん顔をしていても、どうせ支店長や副支店長が私に出ろって言うんだ。そう思った私が出ると、定番の黒いリクルートスーツに身を包んだ、小柄なショートヘアの女性が立っていた。

あれ？　どこかで見たことある人だな。

と思う間もなく、私の口から彼女の名前がこぼれた。

「――マキちゃん？」

その女性は、まさにこの前、克巳と一緒に通りかかった花屋の娘、マキちゃんだった。

「え、路子先輩？」

マキちゃんも、私を見てびっくりして、すぐに笑顔になった。

「私、ここの入社面接受けに来たんですけど――え、先輩、ここにお勤めだったんですか？」

「そうだよ～」

私たちは、ひとしきり再会を喜ぶと、マキちゃんを応接に通した。そして、支店長と副支店長に、マキちゃんが来たことを告げると、お茶を入れて出した。


そして、マキちゃんが入社して、最初の金曜日のことだった。


「先輩」

私が倉庫でルータの整理をしていると、マキちゃんがやってきた。ちょっと神妙な表情をしている。

「先輩、今夜空いてます？」

「空いてるけど?」

「よかったら、一緒に食事しませんか?」

どうしたんだろう。何か相談があるのだろうか。もしかして、マキちゃんも支店長の嫌がらせを受けているのだろうか、と、私はちらっと思った。

「じゃあ、いいお店知ってるから、そこでいい?」

私は、この前克巳と一緒に行った、あのイタリアンにマキちゃんを誘った。


そのイタリアンで、ワインで乾杯すると、マキちゃんは早速切り出した。

「この会社、おかしくないですか?」

「うん、おかしいと言えばおかしいかも――」

「私は先輩のことを言ってるんです。先輩一人で忙しくしてて、何だかかわいそうになっちゃって……」

ワインで喉を潤しながら、マキちゃんは憤慨したように言った。

「しょうがないのよ。私がとろいだけなのよ」

「そんなことないです!　先輩はしっかりやってます!　みんなが何もかも先輩に押しつけて

るだけじゃないですか！」

「マキちゃんたら」

私は苦笑した。

「マキちゃんは入社したばかりだから、そんな風に思えるだけなのよ」

「入社したばかりだからこそ、客観的な意見が言えるんです！」

私は黙った。次の言葉を探していると、

「先輩」

マキちゃんが、なおも畳みかけてくる。

「先輩一人で、何もかも抱え込むことはないんですよ」

——克巳と同じことを言うな。

「でもね」

私は前菜をつつきながら、ぽつりぽつりと話した。

「マキちゃんは後輩だけど、他はみんな先輩よ。先輩に言われたことは嫌だとは言えないじゃない」

「そんなの『今、忙しいんです』って言えば、みんな協力してくれますよ」

いや、それはないね。

「とにかく」

マキちゃんも、前菜に手を伸ばしながら言った。

「お茶くみとかコピーだったら、私に振って下さいね。私もそれくらいのことはできますから」

「……ありがと」

私が言うと、マキちゃんは少し安心したようだった。そして、話題を替えた。

「竹村さんって、私もちょっと好きになれないんですよ」

「そうなの？」

「そうなんです。入社研修で、『みんなにできて、月岡さんにだけできないってことはないですから』って言ったんですよ。それ聞いて、この人に期待するのはよそうと思いましたね。みんな、得意不得意はあるじゃないですか。私だって、偉そうなこと言ってるけど、恋愛には疎くて。彼氏いない歴イコール年齢ですからね」

私より活発で明るいマキちゃんに恋愛経験がないのはちょっと意外だ。確かに得意不得意は人それぞれだ。私が上手く立ち回りできないように。

マキちゃんの口から、彼氏という単語が出てきたので、私はまた克巳のことを思い出してしまった。

そんな私に構わず、マキちゃんは続けた。

「兄も結婚して、お嫁さんと一緒に花屋を継ぐことになったんです。私は邪魔者扱いされてるわけじゃないんですけど、やっぱりお嫁さんとずっと顔付き合わせてるのは気詰まりかなと思って、それで一人暮らし始めて、フラッシュネットに入ったんですよ」

「そうだったの」

「そうです。お兄ちゃん、先月フォレストイン長野で結婚式したんですよ」

「え、フォレストイン長野？」

私は、思わず聞き返してしまった。克巳が勤めてるホテルじゃないの。

私の反応に、マキちゃんはちょっとびっくりしてるようだった。

なので、私は思い切って言った。

「実は私、そのホテルのコンシェルジュの人と付き合ってるのよ」

「ええー、そうだったんですか、確か、田口さんって人ですよね」

「あ、知ってた？」

私は、頬が熱くなった。

「実は私、兄の結婚式で靴のヒール折っちゃって。その人に直してもらったんですよ」

マキちゃんは、お酒が入って少し饒舌になっているようだった。

「私、普段はハイヒールなんか履かないから」

こんなに表情豊かで可愛らしいマキちゃんに彼氏がいないというのは、やはり不思議だ。でも、彼氏がいれば幸せ、いないと不幸というものでもないしね。

「――でもその日は、田口さんのおかげで助かりました。今度会ったら、お礼言っといて下さいね」

「ふふ」

ちょっと素敵な偶然だ。

私の中で、仕事での不満の風船がかなり膨らんでいたのを、その時は忘れられた。

＊

その風船が割れたのは、次の月曜日だった。

私が会社のトイレで用を足していたら、誰かがトイレに入ってきた。

「佐伯さんいますか？」

夏美ちゃんの声だった。

「はい、います！」

私が返事をすると。

「クリスのキャンペーンのことで、お客様がいらしてるんですけど……」

え？　それで、トイレまで私を呼びに来たっていうの？

「そんなの、支店長か誰かに対応してもらって！」

「支店長、忙しそうだから……」

何それ？　私だって忙しいよ！

「すぐ行くから、待っててもらって！」

「はい！」

トイレのドアが閉まる音がした。

なんでトイレの中まで追いかけてくるかしら。


事務所に戻った私が夏美ちゃんを見ると、夏美ちゃんは困ったように俯いていた。

何はともあれ、私がロビーに行くと、若い女性が座っていた。

「いらっしゃいませ」

こんな表情でお客様を迎えたなんて、支店長が知ったら怒るだろうな。でも、私はもう、営業スマイルなんかできない。

「あの、ルータをレンタルしたいんですけど」

レンタルなんて知らない。

「少々お待ち下さい」

私が事務所に戻ると、女性社員さんの一人が言った。

「佐伯さん、お客様にお茶出てないよ」

「はい」

何を言ってるんだ、この人は。わかってるなら、何故お茶くみくらいしてくれないんだ。そう思いながら、コーヒーコーナーに向かうと。

「先輩」

背後から私を呼んだのは、マキちゃんだった。

「私がやりますよ」

「ありがとう」

私はお茶くみをマキちゃんに任せて、席に着いた。あいにく、竹村支店長は電話中で、相談できない。それでなくても、支店長とはあまり話をしたくない。

社員用のサイトで、ルータをレンタルできるかどうか検索してみたけど、焦っているせいもあって、よくわからない。どうしよう、お客様が待っているのに。

そこで、東京本社へ電話してみることにした。

「長野支店の佐伯と申します。いつもお世話になっております」

お決まりの挨拶をして。

「ルータのレンタルの手続きって、どうしたらいいんでしょう」

すると、電話の向こうではつっけんどんに。

「サイトに載ってる通りにして下さい」

「いえ、サイトだとよくわからなかったんで、申し訳ありませんが、ご説明願えますか?」

「そちらにわかる方いないんですか?」

「すみません、お願いしま――」

その時。

別の女性社員さんが、私のデスクにメモを置いた。


〈お客さんです〉

「すみません、少々お待ちいただけますでしょうか」

私は電話を保留にすると、彼女を問いただした。

「お客さんって、今対応してる女性の方でしょ?」

「いえ、男性の方です」

ええ?　お客様のブッキング?　どうしよう!

私はつい、声を張り上げてしまった。

「私、今、別のお客さんの対応してるの!」

「あの、とりあえずお茶出しときますので」

彼女は逃げるように、私の席から離れた。

私は再び受話器を上げたが、受話器の向こうからは、難しい専門用語ばかりが聞こえて、私には何一つ理解できない。

「もう結構です」

全然「もう結構」ではなかったが、私は受話器を置いた。もうだめだ。ここでの仕事は、クリスのキャンペーンは、私にはできない。

私が茫然とデスクに座ったままでいると、お茶云々の難癖をつけた女性社員さんが言った。

「佐伯さん、早くお客様の対応しないと」

私はわけがわからなくなり、叫んでしまった。

「なんでもかんでも私に押し付けないで、ちょっとは協力してよお！」

最後の方は、所謂黄色い声になっていたので、オフィスは静まり返った。私はいたたまれなくなって、席を立ち、社員用の出入り口に向かった。その私の耳に、確かに聞こえた。誰かの声が。

「佐伯さん、一人で騒いで馬鹿みたいね」

その言葉は、パンパンに膨らんだ風船にとっての針だった。

私の中で、風船が割れた。

私は倉庫に飛び込むと、内側から鍵をかけた。床に突っ伏して、号泣した。

もう、何が何だかわからない。

しばらく泣いていると、倉庫のドアがノックされた。誰かが心配して探しに来てくれたのだろうか。そんな期待も、次に聞こえた声で裏切られた。

「ちょっと、佐伯さん？」

女性社員さんの声がした。

「ちゃんとお客さんの対応してよ」

今、そんなことができる状態じゃないのに。

「佐伯さん！」

次に、男性社員の声がした。

「泣くなら、やることやってから泣いた方がいいんじゃないの？」

無茶苦茶言わないでよ。

すりガラス越しに見ると、数人の男女の社員さんが集まっているようだった。

何なの？　私は見世物じゃないっての！　もう、どうなっても知らない！


――ふと。

この倉庫にあるロープに目が行った。

私がロープを手に取って、天井を見上げた時だった。

「――先輩?」

　マキちゃんの声がしたので、私は振り返った。

「私が話しますから」

　マキちゃんが、他の社員さんに戻るよう働きかけてくれた。

「先輩、今、私しかいませんよ。出てきませんか?」

「マキちゃん……」

「お客さんは、支店長に対応してもらいます。私が話聞きますから、開けてくれませんか?」

「本当に……」

　私は、掠れた声を出した。

「本当に、マキちゃん一人?」

「一人です」

　私は解錠し、細くドアを開け、本当にマキちゃんしかいないことを確認すると、マキちゃんを中に入れた。

「マキちゃん、ごめんね」

マキちゃんはそれには答えず、床に無造作に置かれたロープに目をやっていた。そして、両手で私の肩を掴んだ。

「先輩、滅多なこと考えないで下さい！」

「だって——」


あれ？

今、生理が来るわけないんだけど。

と、思う間もなく、足の内側を赤い血がたらたらと流れてきた。

え、何これ？

かと思ったら、お腹が急に痛くなり、私は再びその場に座り込んだ。


「先輩！」

マキちゃんが、悲鳴にも近い声を上げる。

それから、私を、そして自分自身を落ち着かせるように、

「——救急車呼びますから、じっとしてて下さい！」

と言うと、倉庫を飛び出した。

2　薫の決心

俺が克巳を守る。
そう決めたのは、俺が二十一歳、克巳が十八歳の時だった。

神崎薫、二十九歳。

克巳は、俺の腹違いの弟だ。それを知ったのは、俺たちが知り合って、大分経ってからだけど……。

その頃、俺は薬剤師を目指して、都内の大学に通っていた。
普通、薬剤師目指して勉強中の薬学部の学生は、バイトも薬局やドラッグストアでする。だけど俺は、残念ながら普通ではなかったので、バイトは、浜松町駅から歩いて行ける、海が見えるお気に入りのカフェでしていた。そこの常連が、克巳だったというわけだ。

都内のカトリックの男子校の制服を着ていた克巳は、夏はアイス、冬はホットのロイヤルミルクティーを飲んでいた。時には一人で隅の席で、他の客にわからないように泣いていることもあり、俺はなんだか克巳をほっとけなかった。

克巳もいつか俺を慕ってくれるようになり、俺たちは兄弟のような感覚になった。その時は、本当に兄弟だとは思ってもみなかった。


初めて二人で食事した時、克巳は話してくれた。

克巳の母親は、十五歳で克巳を産んだ。妊娠がわかった時、家出して長野に行って、そこで産んだらしい。家族と親戚は揉めて、結局克巳は東京の中野にある遠縁の家に預けられた。居候の克巳は肩身が狭かったが、唯一優しくしてくれる、姉のような存在の娘がいた。

そんな環境で暮らしながらも、高校を卒業したら長野に移り、母親と一緒に暮らせると楽しみにしていた。


その克巳の母親が、交通事故であっけなく逝ってしまったのは、克巳が卒業を前にした冬の日だった。東京では珍しく、雪が降っていた。

「何も訊かないで、今夜、薫のところに泊めてくれないかな……」

そんな、克巳の弱々しい声が、スマホの向こうから聞こえた。

俺は戸惑いを隠せなかったが、克巳は何も訊くなと言っている。とりあえず、俺たちがよく待ち合わせた駅で待っているように言うと、俺はそこに向かった。

駅には、人だかりができていた。嫌な予感がした俺は、人だかりをかき分け、その真ん中に行った。

「克巳！」

駅員二人に介抱されているのは、その克巳だった。

「お知り合いですか？」

駅員の一人に言われた。

「待ち合わせしてたんです」

俺が答えると、もう一人の駅員が言った。

「今、救急車を呼びました」

耳を澄ますと、もうそこまで救急車の音が聞こえていた。

俺は救急隊員に無理を言って、親父が勤めている病院へ行ってもらった。親父は当直ではなかったが、残務整理でまだ病院に残っていた。

「お前の友達か」

診察をしながら、親父が背後の俺に訊ねてくる。

「うん」

「じゃあ、ご家族に連絡とって」

「知らねえよ。自宅の電話番号なんて」

「これ見ればわかるんじゃないのか」

親父は、克巳の制服のポケットに入っていたとおぼしきスマホを、俺に差し出した。

「明日にも熱は下がるから、目が覚めたら帰っていいよ」


病院のロビーに出てきた俺は、少し迷った。何があったか知らないけど、克巳は俺に泊めてほしいと言っていた。ということは、家には連絡してほしくないなんじゃないか。

そもそも、スマホなんてパスワードロックがかかってるんじゃないか。親父はかけていないのか？

と、考えている時、克巳のスマホが鳴った。ディスプレイには「姉さん」と出ている。

克巳に良くしてくれるという、あの家の娘か？　俺はそう思って、取り敢えず出た。

「もしもし」

「もしもし、克巳君?」

すぐに女性の声がする。

「今どこにいるの?」

「あ、あの、俺、克巳の友人の神崎と言いますが……」

「……ああ、どうも……」

克巳ではないとわかると、彼女の声は急に冷静になった。

「すみません、克巳は今、電話できる状態じゃないんで……」

「あの、克巳君は……」

「それより、何があったんですか?」

「実は」

そこで俺は、克巳に降りかかってきた悲劇を聞かされたのだった。


ややあって、電話の相手とおぼしき女性が保険証を持ってきた。

「こんばんは。克巳君と同じ家に暮らしている斉藤法子と申します」

「どうも。克巳の友人の神崎薫です」

それが、俺と法子の初対面だった。

俺は、克巳が俺に泊めてほしいと言ったことを法子に話し、

「俺にまかせて」

と言うと、法子は会計だけ済ませて帰った。

克巳が目をさました時、俺はそういうことを克巳に話して、克巳を自分のアパートに連れてきた。いつもアルバイトしているカフェで作るロイヤルミルクティーを作ってやった。


カップを両手で包むようにして飲んでいる克巳の背に、俺は翼を見たような気がした。昔「翼の折れたエンジェル」という唄が流行ったことは、何となく知っている。

克巳の翼は折れている。無責任な大人たちに、へし折られたのだ。そうして克巳は今、折れた翼の痛みに耐え、血を流しているのだ。

俺は、克巳の折れた翼をかばう包帯になれるのだろうか。

そんなことを考えていると、不意に克巳が訊いてきた。

「姉さんに聞いた？」

「うん」

俺が頷くと、克巳はカップを持った両手を下ろして、俯いた。

「つらかったな」

俺が声をかけ、克巳の手の中で空になったカップを受け取ろうとした、その時。

——克巳が、俺の腕にしがみついてきた。


空のカップが、カーペットの上に落ちた。

「克巳?」

女の子と一緒にいる場合を除いて、こういうのは初めてだった。俺にしがみついた克巳は、嗚咽を漏らし始めた。克巳の瞳からこぼれ落ちる涙が、俺のシャツを濡らした。

俺は少し躊躇したけど、片手を克巳の背中に、もう片方の手を克巳の髪に回した。その腕に力を込めたら、それこそ折れてしまいそうに思えた。

「大丈夫だよ」

俺は、克巳の背中をぽんぽんと叩いた。

「俺が守ってやるから。お前の傍にいるから。だから、何にも心配いらないよ」

そう言えば、克巳は、かすかな声を漏らした。

「……あったかい……」

俺は、克巳の生命を、全身で感じていた。克巳の息遣いに合わせて背中がふくらむのを、不思議な気持ちで受け止めていた。

どのくらいそうしていただろう。克巳は、ゆっくり俺から離れた。

「……ごめん……」

「眠れそうか」

克巳はこくりと頷いた。俺は、そんな克巳を、ゆっくりベッドに寝かせて、毛布をかけた。まだ泣き足りないのだろう。克巳は枕に顔を埋めて、すすり泣いた。俺は、克巳の髪を撫で続けた。克巳のすすり泣きが寝息に変わるのに、それほど時間はかからなかった。

「克巳？　寝たのか？」

返事はない。

毛布を直してやると、克巳の無防備な寝顔が見えた。俺を信じ切って、俺に頼り切って、こんなに無垢な表情をするのか。俺はそう思って、克巳の頬に触れた。涙と熱でがさがさに荒れた頬が、痛々しかった。


その時に決めたんだ。

俺が克巳を守る。

*

それから月日が経ち、俺は東京で薬剤師になり、克巳は長野で、養父となった田口仁さんのホテルに就職した。

克巳には、佐伯路子ちゃんという恋人がいた。その路子ちゃんの突然の訃報を聞いたのは、冬の寒い日だった。

田口さんから話を聞いた俺は、長野行きの新幹線に飛び乗った。克巳は、路子ちゃんを失ったショックで、言葉が話せなくなってしまったという。

俺は、あの時の誓いを貫くためにも、すぐに克巳のもとに駆け付けようとしていた。


新幹線を降り、タクシーに乗った俺は、運転手に行き先を告げた。

「フォレストイン長野までお願いします」

田口さんは、そのフォレストイン長野というホテルの支配人、克巳はコンシェルジュだった。

二十六歳でのコンシェルジュ昇格は親父のコネだろうと、陰口も叩かれたことだろう。だけど、克巳はいつも明るく接客をこなしていた。耳の不自由な客との会話がスムーズにできるようにと、手話まで覚えた。患者さんとの会話に四苦八苦している俺とは大違いだ。

ホテルのロータリーでタクシーを降りて、ベルボーイに案内されるままに、シングルルームに入った。克巳が入院していて、田口さんしかいない田口家に寝泊まりするのは、あまり気が進まなかった。

荷物を置き、しばらくぼんやりしていると、内線が鳴った。

「はい」

「田口です」

「ああ、どうも」

「克巳の様子を話したいから、ちょっとティールームまで来てくれるかな」

そして俺は、ホテルの一階にある、明るい色調のティールームに行った。

克巳は母親を亡くしてから、この田口さんの養子として、長野に移った。

田口さんは、克巳の母親と恋仲で、克巳が高校を卒業したら一緒に家族になる予定だった。

交通事故に遭った克巳の母親が最期に、田口さんに言ったそうだ。

「克巳を頼みます。あの子は私とあなたの子供」

って。

それが決定打となり、克巳は田口さんの養子になった。

それから克巳は、大学へ行く傍ら、このティールームを手伝っていたのだ、確か。


「済まなかったね、遠いところを」

「いえ……」

俺と田口さんは、コーヒーを挟んで向かい合った。

「それより、克巳は……」

「うん」

田口さんは話した。

路子ちゃんが会社で倒れたのは、数日前の午後だった。夜勤明けだった克巳は家にいたが、路子ちゃんの後輩だという月岡マキさんという人から連絡を受け、病院へ駆けつけた。しかし、路子ちゃんの意識は戻らず、昨日の夕方、還らぬ人となった——。


田口さんの説明はどこかアバウトで、俺はピンと来なかった。路子ちゃんが職場で大変な目に遭っていることは、克巳から聞いていたが、過労死するほどのものだったのだろうか。

「とにかく、克巳に会わせて下さい」

「もちろん」

そうして俺たちはホテルを出て、克巳が入院している病院へ向かった。


「あなた、路子を守るって、路子と真面目に付き合うって言ったじゃない！」

克巳の病室から、そんな女性の声が聞こえたので、俺は、部屋に飛び込んだ。カーテンの向こうでまくし立てているのは、おそらく、路子ちゃんのお母さんだろう。

「どうして路子を助けてくれなかったの！　どうして路子を妊娠させたりしたの！」

そこで、カーテンを開けようとした俺の手が止まった。


「妊娠？」

俺は、思わず声に出してしまった。その声で、俺に気付いたその女性が振り向く。ベッドでは、克巳が半身を起こして俯いていた。

そうだ。妊娠云々で驚いている場合じゃない。今は、この人に引き取ってもらわないと。

「すみません、克巳は今神経が参ってるんです。そういう話は後にしてもらえませんか?」

「何、あなた！」

彼女は、俺にも食ってかかろうとしたけど、俺の後ろに田口さんを見つけると、黙礼して出て行った。


「克巳」

田口さんが、ベッドに座っている克巳に歩み寄った。

「薫君が来てくれたよ」

克巳は、ゆっくりと視線を動かして、俺を見た。

「……大丈夫か……」

俺は克巳に問いかけたが、大丈夫なわけがない。だけど克巳は、気丈に俺に笑みを見せると、サイドテーブルにあったタブレットを操作した。

〈大丈夫だよ。そのうち喋れるようになるから〉

タブレットには、そう表示されていた。

「じゃあ、私は喫茶室にいるから」

田口さんはそう言って、俺たちを二人きりにしてくれた。俺は、ベッドの横にあった椅子に座った。たった今、あの人から聞かされた事実を拭えなかった。だけど、そんなことを克巳に訊くわけにはいかない。

　すると、克巳は再び、タブレットを操作した。

〈路子、妊娠してたんだ。流産が原因だったんだ〉

「そうか」

　つまり克巳は、恋人と、自分の子供も失ってしまったというわけか。それで、さっきの田口さんの説明は、どこかオブラートに包まれていたのか。


「――あのさあ」

　俺は、新幹線の中で考えて来たことを提案しようと思った。ついさっきまで迷っていたけど、あの人に責められている克巳を見たら、決めないわけにはいかなかった。

「お前、東京に出てこないか」

　俺がそれを言うと、克巳は驚いていた。無理もない。

「東京にも、いい病院あるしさ。ここにいると、さっきのおばさんみたいな人が来て、お前も気持ちが休まらないだろ」

克巳は、考え込むように俯いた。

「田口さんには俺から話しておく。すぐには決められないだろうから、明日また来るよ」

〈姉さんは何て？〉

俺は法子と知り合ってから、克巳のことで話をするようになり、いつか距離が縮まり、昨年結婚した。法子と出会えたのは、克巳のおかげだ。

「法子は、実家に帰ってるってさ」

克巳は、今度はゆっくりとタブレットを操作した。

〈明日の朝までに考えとく〉

「わかった」


その夜、俺と田口さんは、ホテルの料亭の座敷席で向かい合って食事した。

「克巳を東京へ？」

「はい」

俺は緊張しながら頷いた。

「田口さんが克巳によくしてくれるのはわかっています。感謝してます。でも今は、俺があいつを守ってやりたいんです」

「しかし……」

「お願いします」

　俺は頭を下げた。

「克巳は俺の弟なんです。血の繋がった弟なんです」

　ここで血の繋がりを引き合いに出すのは、卑怯かもしれないけど、俺は今こそ、克巳を自分の傍に置いておきたかった。

「今まで何もしてやれなかった弟の克巳に、何かしてやりたいんです」

　田口さんは黙っていた。考えているようだった。俺はずっと頭を下げていたけど。

「……薫君」

　田口さんの声に、俺は頭を上げた。

　そして、田口さんは、俺を安心させるように、柔らかい表情で言った。

「克巳がそれでいいなら」

「ありがとうございます！」

「東京の病院へ紹介状を書いてもらおう」

「はい！」

俺は安堵しながら、食事を再開した。

*

そうして俺は克巳を連れて、東京に戻ってきた。

法子は実家に帰って、派遣会社に登録して、時々単発の仕事をしている。俺が法子のベッドを、克巳が俺のベッドを使って、二人の日々が始まった。

克巳はと言えば、俺たちに心配かけまいとしていることを考慮に入れても、大分元気になってきた。食欲も出てきたし、俺がＤＶＤを観ている時、一緒に観て笑顔を見せたりしていた。

そんなある日、俺が仕事から帰ると、克巳は自分のスマホを俺に見せた。田口さんからのメールだった。

〈フラッシュネットの月岡さんが、克巳に会いたいと言っている。克巳の調子がいいようなら東京へ行ってもいいと言っている。どうする？〉

フラッシュネットといえば、まさに路子ちゃんがパワハラに遭っていた会社じゃないか。

「お前、月岡さんって知ってるのか？」

言いながら俺は、田口さんの話を思い出した。確か月岡マキさん。路子ちゃんの高校の後輩でもあり、路子ちゃんが倒れた時、救急車を呼んでくれた人だ。

克巳のタブレットによると、マキさんは、克巳のホテルで挙式した新郎の妹だという。そして、マキさんは、比較的路子ちゃんの味方だったと。

「お前、月岡さんに会いたいか？」

克巳は少し考えて、頷いた。

「じゃ、俺から田口さんに電話しとくよ」

＊

そうして、次の日曜日、克巳はマキさんに会いに、東京駅まで行った。

喋れない克巳を一人で行かせるのは心配だったので、マキさんに会うまで、俺が一緒に行くことにした。

「そろそろかな」

俺が時計を見ていると、克巳は見つけたようだった。克巳の視線の先には、小柄でショートヘアの、チューリップの花束を持った女性がいた。克巳がマキさんに向かって手を振ると、マキさんはほっとしたように、改札を抜けてきた。

「お久しぶりです」

マキさんは、笑顔で挨拶をした。克巳は、黙って頭を下げた。俺も挨拶しようとした。

「初めまして。俺は——」

「お兄さんですよね。田口さんから聞いてます」

「そう。それなら話は早い」

俺は、克巳の肩をぽんと叩いて、二人だけにしてやることを選択した。花束は、持って歩くのは大変だから、俺が先に持って帰ることにした。

「ありがとうございました」

マキさんの声を背後に聞きながら、俺は後ろ向きで手だけ振った。


克巳が出かけていれば、俺は家で一人だ。

俺は、俺と克巳が兄弟だと知らされた時のことを思い出していた。


八年前の今頃だった。

克巳が長野へ発って少ししてから、俺は急に親父に呼ばれた。

俺は子供の頃、親父とお袋と三人で、都内に暮らしていた。だけど、親父とお袋が離婚して、俺とお袋は、お袋の実家のある横浜に移り住んだ。

お袋が病気で亡くなった時に、親父が俺を迎えに来てくれて、東京で暮らさないかと言われた。だけど、なんとなく素直になれなかった俺は、親父と一緒に暮らすことを拒んだ。親父も俺の気持ちはわかっていたのか、過去の罪滅ぼしなのか、アパートを借りてくれた。家賃は親父持ちだ。そして、俺が免許を取ると、車も買ってくれた。何かと俺には甘い親父だった。

その親父に、急に食事に誘われた時は、何かと思った。

最初は他愛のない話をしていた俺たちだったけど、ワインが進んだ頃、親父は本題に入った。

「この前、病院に来たあの子なんだけどな」

「ああ、克巳がどうかしたの？」

その時俺は、運ばれてきた肉料理に意識が行っていて、気軽に返事をした。

「あの子はな」

親父がフォークとナイフを置いたので、俺は親父を見た。

「あの子は、お前の弟なんだよ」

「――えっ？」

俺は最初、何を言われたのかわからなかった。アルコールが入っていたこともあり、親父の言葉を理解するのに、少し時間がかかった。

克巳が俺の弟？　ということは。


「じゃあ」

ようやく我に返った俺は、目の前の料理のことなど忘れた。

「克巳の父親っていうのは」

「私だ」

そういえば今、本題に入る前に、親父はフォークとナイフを置いた。克巳もそうだ。俺と食事していて、話題を替える時や真面目な話をする時に、手に持っているフォークや箸を一旦テーブルに置く。――父親似というわけか。

「親父、いつわかったの、それ？」

「あの子が病院に来た時だ。お前にスマホを渡した後、制服のポケットから生徒手帳が出てきて、私が昔親しくしていた女の子の名前が載ってたんだ」

――それが、克巳の母親ってことか。

親父の話はこうだった。

俺がまだ小さかった頃、親父が病院帰りに寄ったコンビニで、近くの中学の制服を着た女の子が、万引きしようとしていた。

「いけないよ」

と、声をかけたら、その女の子はびっくりしたようだったが、黙って品物を棚に戻した。

それがきっかけで、二人は親しくなり、時々会うようになった。

だけど彼女は、中学の卒業式の翌日、失踪してしまった。家族も学校も必死で捜したが、見つからなかった。

半年後、親父の病院に彼女から手紙が届いた。住所はなかったが、長野の消印だった。それで家族は、彼女の居所を突き止めたが、親父にはそれを教えなかった。

「あなたと私の子供です。名前は克巳です」

短い手紙と一緒に、生まれたばかりの克巳を抱いた彼女の写真が同封されていた――。

「克巳の母親、亡くなったんだよ」

俺がそれを言っても、親父は驚かなかった。知っていたのか。

「手帳にあった番号に電話をかけたら、田口さんという男の人が出て、聞かされたんだ」

「そう」

俺は、なんだか脱力して、気の抜けた相槌を打った。

克巳が俺の弟。

だから、あんな風に克巳を守りたいと強く思ったのか、俺は。

「親父、克巳のお母さんを探そうと思わなかったの？」

「そりゃ思ったよ。でも、住所が書いてなかったというのは、捜さないでくれという彼女のメッセージのような気がしてね」

「じゃ、最後に一つだけ」

今の話で、引っかかっていたことが一つある。

「親父とお袋が離婚したのって、それが原因？」

だけど、親父は答えをはぐらかした。それには答えなかった。その代わり、母親を亡くしてしまった克巳を引き取り、正式に俺の弟として迎えたいと言った。

そんなわけで、俺と親父は長野に行った。

親父と田口さんが話している間、俺は別室で、俺たちが兄弟だという話を克巳にした。克巳は吐息交じりに一言言った。

「やっぱり」

やっぱり？

「知ってたのか？」

俺が問い質すと、克巳は、母親の墓参りに行った時に、俺の親父に会ったという。それじゃわかるよな。


だけど、四人でよく話し合った結果、克巳は田口さんの養子になった。


そんなことを思い返していたら、日が暮れてきた。

克巳、遅いな。

俺は少し心配しながら、夕食の支度をしていたが、時計が夜の七時になる頃、克巳は帰ってきた。

「遅かったな」

俺が言うと、克巳は謝る仕草をした。

「いや、いいんだけどさ。疲れたんじゃないかと思って」

でも、克巳のタブレットは、克巳とマキさんが楽しい時間を過ごしたことを告げていたので、俺は安心した。マキさんと、連絡先の交換もしたらしい。

そして克巳は、カバンから一枚の封筒を取り出した。

「それは？」

俺が訊ねると、克巳はタブレットで返事をした。フラッシュネットのマキさんのデスクに入っていた封筒だった。マキさんが中を見たら、それは。

——路子ちゃんの遺書だったという。

「遺書？」

だって、路子ちゃんの死は事故じゃないか。流産じゃないか。

すると克巳は、タブレットに書き続けた。

〈あのことが起こる前から、路子は死にたいと思ってたんじゃないかな〉

「そっか。じゃあマキさんは、それを届けに来てくれたんだな」

俺が言うと、克巳は頷いた。

マキさんにもらったチューリップは、ダイニングテーブルに飾っておいた。

郵便はがき

料金受取人払郵便

新宿局承認

3971

差出有効期間
2022年7月
31日まで
(切手不要)

1608791

141

東京都新宿区新宿1－10－1

(株)文芸社

愛読者カード係 行

ふりがな お名前		明治 大正 昭和 平成 年生 歳	
ふりがな ご住所	□□□-□□□□	性別 男・女	
お電話 番 号	(書籍ご注文の際に必要です)	ご職業	
E-mail			
ご購読雑誌(複数可)		ご購読新聞 新聞	

最近読んでおもしろかった本や今後、とりあげてほしいテーマをお教えください。

ご自分の研究成果や経験、お考え等を出版してみたいというお気持ちはありますか。

ある　　ない　　内容・テーマ(　　　　)

現在完成した作品をお持ちですか。

ある　　ない　　ジャンル・原稿量(　　　　)

書　名			
お買上 書　店	都道　　　　　　　　市区 府県　　　　　　　　郡	書店名	書店
		ご購入日	年　　月　　日

本書をどこでお知りになりましたか?

1.書店店頭　2.知人にすすめられて　3.インターネット(サイト名　　　　　　　　　)

4.DMハガキ　5.広告、記事を見て(新聞、雑誌名　　　　　　　　　　　　　　)

上の質問に関連して、ご購入の決め手となったのは?

1.タイトル　2.著者　3.内容　4.カバーデザイン　5.帯

その他ご自由にお書きください。

(　　　　　　　　　　　　　　　　　　　　　　　　　　　　　　　　　　　　)

本書についてのご意見、ご感想をお聞かせください。

①内容について

②カバー、タイトル、帯について

弊社Webサイトからもご意見、ご感想をお寄せいただけます。

ご協力ありがとうございました。

※お寄せいただいたご意見、ご感想は新聞広告等で匿名にて使わせていただくことがあります。

※お客様の個人情報は、小社からの連絡のみに使用します。社外に提供することは一切ありません。

■書籍のご注文は、お近くの書店または、ブックサービス(0120-29-9625)、セブンネットショッピング(http://7net.omni7.jp/)にお申し込み下さい。

その夜、克巳は早速手紙を読んでいるようだった。泣いているようだったが、俺は眠ったふりをしていた。慰めの言葉など思い浮かばなかった。

その後、ベッドに入った克巳の寝顔を見ながら、俺は少し複雑な気持ちだった。克巳の母親が亡くなった時、俺が克巳を守るんだと固く決心したけど、あっけなく田口さんの養子になってしまった。結局、俺を本当に本当に必要としてくれている人なんて、この世に一人もいないんじゃないかと思った。

だけど、それは違うということを教えてくれたのが、克巳と同じ屋根の下で暮らしていた法子だった。

「克巳君は、あなたを信じてるから、あなたから離れていったのよ」

って。

克巳が長野に移った後、俺が実習をしていた病院に、たまたま法子が祖母の薬を取りに来たのだった。その日俺たちは少し話した。俺が自分の気持ちを言ったら、法子がそう言ってくれたのだ。

兄弟だからって、いつまでも俺のもとに置いておくことはできないって、頭ではわかってる。

路子ちゃんとは、残念な結果になってしまったけど。もしかしたらマキさんが、克巳を支えてくれるのかもしれない。

そう思ったら、少し淋しい気もした。


俺と法子と克巳と三人で、法子が作った夕食を食べた日だった。

法子は洗い物をして、俺と克巳は、居間でＤＶＤを観ていた。そんな三人のくつろぎの時間を引き裂くように、呼び鈴が鳴った。

「は～い」

法子が出て、続けて法子の驚いた声がした。

「お母さん！」

え？　法子の母親が来たのか？

克巳は、表情を固くした。幼い頃、法子の家に預けられていた克巳は、お義母さんにはよくされていなかったからだろう。

お義母さんは、ずかずかと上がり込んできた。そして、俺に食ってかかった。

「あなた、一体どういうつもりなの？」

「お母さん、待って！」

法子が後を追って来る。俺は、ＤＶＤを停めた。

「ちょっと待って下さい、話聞きますから」

俺はそう言って、克巳を振り返った。

「克巳、寝室に行ってろ」

克巳は不安げに俺を見ていたが。

「いいから。大丈夫だから」

俺はほとんど無理やり、克巳を寝室に押し込んだ。

居間に戻ると、お義母さんは、それまで俺たちが座っていたソファに座っていた。向かい合って、俺と法子が座る。

「あの子は長野へ養子に貰われたんでしょ？　だったらあなたが面倒見る必要ないじゃない！」

「養子に出しても、弟は弟ですから」

「じゃあ、法子はどうしてくれるの？」

「お母さん」

法子が割って入る。

「私は、克巳君が元気になったら、またここに戻るから」

お義母さんは、大きなため息を吐いた。

「何言ってるの。こんな状況が続くなら、離婚したっていいのよ！」

「ちょっと、辞めてよ」

「法子は黙ってなさい！　どうなの薫さん、あの子を取るの、法子を取るの？」

「俺は……」

正直、法子の前でそれを言うのはためらわれた。でも、法子はわかってくれる。今までも、これからも。

「俺は、克巳を守ります」

それ以上は言えなかった。あの時の俺の決意は、そうそう言いふらすものではない。

「あらそう！」

お義母さんは、更に憤慨した。

「じゃあ、あの子のために法子を捨てるのね！」

「お母さん、薫はそんなこと言ってないじゃない」

法子が俺の傍で言ってくれたが、あまり効果はなかった。それどころか、次々にあれこれと畳みかけてくるお義母さんに対して、俺がうまく切り返せないので、火に油を注ぐ結果になってしまった。

「話しても埒が明かないわ。法子、帰るわよ」

言いたいことを全て言ったお義母さんは、立ち上がった。

「薫、ごめんね」

法子は俺に手を合わせて、あたふたと出て行った。玄関に立ち尽くしていた俺が、異変に気づいたのは、少し経ってからだった。それに気づいた時俺は、すうっと自分が青ざめる音が聞こえたような気がする。

玄関に、克巳の靴がない。

「克巳?」

寝室に飛び込んだが、克巳はいなかった。克巳がいつも使っているタブレットも一緒に消えていた。

俺は固く目を閉じ、吐息した。

お義母さんのよく通る声は、克巳にも聞こえていただろう。それで、いたたまれなくなって出て行ったのか。

俺はスマホを掴むと、克巳にメールした。

〈どこにいるんだ？　とにかく返事くれ〉

しかし、いくら待っても既読にならない。

次に、法子にメールした。さっきの今で……なんて、ためらっている場合じゃない。

〈克巳がいなくなった〉


「いなくなったって」

法子は、すぐに戻ってきてくれた。お義母さんは、一人で帰ったらしい。

「薫、落ち着いて考えよう。まだそれほど遠くへは言ってないはずだから」

「ならいいんだけどな」

外は雨が降っている。克巳はどんなに心細い思いをしているだろう。

法子は、自分自身も落ち着かせるように、ソファに座った。

「とにかく、メールはどんどん入れよう」

「でも、既読になってないんだよ」

「それでも、そのうち返事が来るかもしれないよ。明日になっても帰ってこなかったら、スマホのショップへ行こう。ＧＰＳで、だいたいどこにいるのか――」

「そんなに待ってられるかよ！」

俺が大声を出したので、法子は黙った。

「――ごめん」

俺は謝ったけど、法子は何も言わなかった。

その時、気まずい沈黙を破るかのように、家の固定電話が鳴った。俺と法子は一瞬だけ目を合わせ、俺が受話器を取った。

「もしもし」

ディスプレイには、親父の番号が出ていた。

「薫か？　今、家に克巳を連れてきたよ」

「えぇっ？」

「いや、たまたま通りかかった道で、克巳が雨宿りしてたから、家に連れてきたんだよ。お前と喧嘩でもしたのかと思って訊いても、泣いてるだけだし。何があったんだ？　雨に濡れてたから、取り敢えず風呂に入れてるけど」

「……………」

俺は、克巳が無事だったことの安堵から、思わず子機を持ったまま、その場に座り込んだ。

そして、今夜の一件を話した。――俺が克巳を守ると宣言したことは省いて。

「そうだったのか」

親父は、電話の向こうで難しい顔をしているのだろう、そんな声だった。

「とにかく、克巳は今夜私が預かるから」

「わかった、明日迎えに――」

明日は仕事だ。

「私が行くよ」

法子が囁く。

「法子が行ってくれるから」

俺は、片手で法子に謝るポーズをしながら答えた。

「頼むぞ」

俺は電話を切った。

「克巳君、無事だって?」

法子の言葉に、俺は頷いた。

「でも、雨に濡れてたっていうから、心配だな。あいつ身体弱いし……」

俺が思わず言うと、法子はにっこりして、俺に近づいた。

「大丈夫よ。お義父さんお医者様だし。まあ、ちょっと風邪ひくかもしれないけど」

「……そうだな」

案の定、というべきか、克巳は熱を出したようで、翌日、親父が克巳を病院へ連れて行った。俺が仕事をぬけられなかったので、法子が迎えに行ってくれた。

＊

その夜、俺は何だか寝付けなくて、ベッドに座ったまま、隣のベッドで眠っている克巳を見ていた。克巳は落ち着いてよく眠っている。そんな克巳の寝顔は、まだあどけなさが残っていて、俺にはどうしても信じられなかった。

——克巳が路子ちゃんを妊娠させたということが。

あれは去年だった。俺と法子が結婚することになった頃。俺と法子、克巳と路子ちゃんは軽井沢で落ち合い、四人で食事した。その時も、あの二人はまだ付き合い始めたばかりのような初々しさが残っていた。

それに、克巳は変なところが生真面目で、そういうことは結婚するまではしないという、一昔前の考えを持っているように、俺には思える。

でも、そんな込み入ったことは訊けないし。


そんなことを考えていると、克巳が目を覚ました。

「どうした」

俺の問いに、克巳は首を横に振った。

特に、嫌な夢を見ていたとかではなさそうで、俺はほっとした。

克巳は半身を起こして、いつものタブレットに書いた。

〈ずっと、起きてたの？〉

「まあな」

〈明日仕事だろ〉

「俺のことはいいから」

俺は、克巳を寝かせた。克巳はまだ何か言いたげに、俺を見ていた。俺は、さっき考えていたことを言うわけにもいかず、別の話をした。

「……お前のこと、連れてきちゃってよかったのかな」

俺の言葉に、克巳はきょとんとした。

「うん」

俺はベッドから降り、克巳の傍に座った。

「お前のこと守りたい一心で、東京まで連れてきたけど、昨日みたいなことがあって、余計に傷つけちゃったかなと思って」

克巳は首を振って、再びノートに書いた。

〈みんなによくしてもらって、感謝してるよ〉

「そうか？　本当に、つらくないのか」

〈薫がいれば、つらくないよ〉

「克巳……」

俺はますます、克巳を守らなければという気持ちが強くなった。こんな兄貴でも、頼りにしてくれるのなら。

「これからも、いろいろあると思うけど、俺を信じてくれないか」

克巳は頷いた。

ふと時計を見ると、二時になろうとしている。克巳は再び、タブレットを手にした。

〈もう寝ていいよ〉

「……じゃあ、何かあったら起こすんだぞ」

俺は、ベッドにもぐり込んだ。


翌朝、俺は、まだ眠っている克巳に背中を向けて、仕事に出かける支度をしていた。

その時だった。


「……薫……」


えっ？

俺は、ネクタイを結んでいた手を止めた。

今、確かに——。

俺が振り向くと、克巳は目を覚ましていた。そして、唇をゆっくり動かし、もう一度言った。

「薫」

「……克巳ィ！」

俺は、結びかけのネクタイもそのままに、克巳に駆け寄った。

「喋れるのか」

「うん。何だか急に」

「よかった……」

俺は、涙が出そうなのを、懸命に堪えた。

「熱は？」

俺が克巳の額に手を当てると、それほど熱くなかった。

「下がってる」

「うん」

「本当によかった。これから法子が来るから、一緒に病院へ行って来い」

俺は、出かける支度を再開した。


マキさんの持って来てくれたチューリップがしおれる頃、克巳は長野に帰ると言った。

「大丈夫なのか？」

「もう喋れるようになったし、大丈夫だよ。姉さんここに呼び戻して、二人の生活再開してよ」

克巳がいなくなるのは、少し淋しい気もしたが、前に法子が言ったことを思い出した。克巳は、俺を信じているから、俺から離れていくんだ。それに、兄弟だからと言って、いつまでも一緒にいるわけにはいかない。特に俺は所帯を持ってるわけだし。

そして、俺たち兄弟の最後の夜になった。俺たちはベッドに入ったものの、なかなか寝付けず、修学旅行生のように、夜遅くまで他愛のない話をした。しかし、俺はどうしても訊けなかった。訊けるわけがない。

〈路子ちゃんの中にいた子供は、本当にお前の子なのか?〉

そんなこと、言えるわけがない。

そうこうしているうちに、克巳は寝息を立て始めたので、俺は黙った。だけど、どうしても腑に落ちなかった俺は、克巳を起こさないように、タブレットを手にすると、中にメモを残した。

〈真実は必ず明るみに出るから、何か一人で抱えていることがあったら、早めに言った方がいい〉

3　マキの想い

もうすぐ春が訪れそうな時期だった。

オフィスでは席替えをして、路子先輩の席は片付けられた。

「もう、佐伯さんのために花を持ってこなくていいから」

竹村支店長に言われた私だった。

私は路子先輩が逝ってしまってから、毎週のように会社に花を持っていって、先輩のデスクに飾っていた。話を聞いたお兄ちゃんが、週末になると持ってきてくれた。


月岡マキ、二十五歳。

そして、彼氏いない歴二十五年。


克巳さんと初めて会ったのは、お兄ちゃんの結婚式だった。それまで履いたことのないハイヒールで、足を捻《ひね》って転んでしまい、ヒールを折ってしまった。

その時。

「お客様、お怪我ありませんでしたか?」

と、声をかけてくれたのが、式場だったホテルのコンシェルジュの克巳さんだった。

そして克巳さんは、私のハイヒールを直しに行ってくれた。


披露宴が終わった後、お兄ちゃんは、私に薔薇を持たせてくれた。普通はキャンディフラワーとかを配るのだけど、うちは花屋なので、本物の薔薇を一輪ずつ配ったというわけ。

余った薔薇を貰った私に、名案がひらめいた。私はコンシェルジュデスクに駆け寄ると、持っていた薔薇の一輪を、克巳さんに差し出した。

「今日はありがとうございました」

すると克巳さんは、驚いたように言った。

「私に、ですか?」

「ええ、お世話になったから」

私が言うと、克巳さんはニッコリして、薔薇を受け取ってくれた。

「こちらこそありがとうございました。お気をつけてお帰り下さい」

私はぺこりと頭を下げると、家族のところに戻った。

だから、その克巳さんが路子先輩の彼氏だとわかった時、正直がっかりした。今思えば、あの日、お兄ちゃんの結婚式で出会った時から、克巳さんのことが好きだったのかもしれない。


だけど、それから悲劇が起こるまでは、そう時間はかからなかった。

路子先輩は、お腹の子供ともども、還らぬ人となってしまった。

＊

その時私は一瞬、先輩が自殺を図って、どこかを切ったのかと思った。でも、そうではないことに気づくまで、それほど時間はかからなかった。スカートの中から足を伝って血がたらたらと流れる状態は、自分で切ったりしたものではない。

「救急車呼んできます！　じっとしてて下さい！」

倉庫を出た私は、周りのみんなの視線も気にせず、会社の固定電話で救急車を呼んだ。

「どうしたんですか？」

営業の夏美さんだけが、心配そうに声をかけてくれたけど、私には、それに答える余裕がなかった。

救急車が来た時、先輩は血だまりの中で気を失っていた。


「ご家族に連絡とっていただけますか」

一緒に救急車に乗った私は、救急隊員の人にそう言われた。だけど、もう一人連絡しなければならない人がいる。お兄ちゃんの結婚式で、私のハイヒールを直してくれたあの人が、先輩の彼氏なのだ。

私は、病院のロビーでスマホを操作し、フォレストイン長野の電話番号を調べると、早速電話した。

「フォレストイン長野でございます」

女性の声がした。

「あの、先日挙式しました月岡家のものですが」

私と彼女は、短い挨拶をした。

「コンシェルジュの田口さんをお願いします」

「申し訳ございません。田口は本日は出勤しておりませんが……」

ええっ？　どうしよう、と一瞬思ったけど、迷っている暇はない。

「すみません、緊急の用事なんです。私の携帯の番号教えますので、そこへ電話をいただけますでしょうか」

私は食い下がって、何とか克巳さんに連絡を取ってもらうことにした。


電話はすぐに来た。

「あの、私、月岡です。わかりますか？」

幸い、克巳さんは私の声が緊急を要していることに、すぐに気づいてくれた。

「何かあったんですか？」

「あの、路子先輩が……」

「路子が？」

「あの、出血がひどくて、今、救急車で病院に搬送されたんです」

「出血って、怪我でもしたんですか？」

「いえ、あの……」

私は、先輩の出血の個所を言うのはためらわれたが、言うしかなかった。

「……お腹の下から……」

しばらく、返事はなかった。無理もない。それが何を意味しているのか、克巳さんもわかっているに違いない。

「……わかりました」

その声が聞こえるまでが、気が遠くなるほど長い時間のように感じた。

「路子の家族には、僕から連絡とります。僕もすぐに行きますので」

電話は切れた。


それから間もなく克巳さんが、そして先輩の両親と思しき初老の夫婦がやってきた。

私たちは黙って頭を下げて、無言で処置室の前に座っていた。その時間は、恐ろしく長く感じたけど、やがて処置室のドアが開き、沈痛な表情で先生が出てきた。

「先生」

先輩のお母さんが、真っ先に先生に駆け寄った。

「先生、路子は……」

「残念ですが……流産です」

「流産⁉」

お母さんは顔面蒼白になって、克巳さんの方を振り返った。お父さんも、私も、先生も、克巳さんを見た。克巳さんは——ただただ茫然としていた。

私の悪い予感は当たった。ああいう出血は、そういうことではないかと思った。

先生は続けた。

「路子さんも、このまま意識が戻らなければ……」

「そんな！」

お母さんは、先生に縋りついた。

「お願いです先生！　助けて下さい、この通りです！」

先生と看護師さんとでお母さんをなだめている間に、克巳さんは、無言で私の前を通りすぎると、廊下を歩いていった。

「克巳さん？」

追いかけようとした私の肩を、誰かが掴んだ。振り向くと、先輩のお父さんだった。お父さんは無言で、首を横に振った。

私は立っていられなくなって、再び長椅子に座り込んで、取り乱したお母さんを見ていた。

それから数日間、生死の境をさまよっていた路子先輩だったが、ついに奇跡は起きなかった。

＊

路子先輩の初七日を過ぎた頃だろうか。

会社で、私のパソコンが、うまく動作しなかった。そういう時のためにもらっておいた操作マニュアルを、デスクの引き出しから出した時、マニュアルの下に、封筒を見つけた私だった。

そして、その封筒には、ラベルライターで「M・S」と貼られていた。

私は、心臓をぎゅっとわしづかみにされた感じがした。これは、路子先輩のイニシャルじゃないの。

私はさりげなく席を外すと、こっそりと倉庫に入った。倉庫には、クリスキャンペーンで使う予定だったルータが山積みになっていた。路子先輩のことがあり、クリスキャンペーンは中止になった。先輩は、どのくらいこの倉庫で泣いたんだろう。

そんなことを考えながら、私は封筒を開いた。中には、文章が印刷されたＰＰＣ用紙が入っていた。

〈ごめんなさい。私は、これ以上生きていくことはできません。人は、働かなければ生きていけません。私は、働くことができないのです。最初の会社と二つ目の会社は、人間関係のトラブルが原因で辞めました。三つ目の会社は、仕事が合ってなくて辞めて、この会社に入りました。そしたら、ここでは人間関係のトラブルと仕事のトラブル、両方が待っていました。不特定多数のお客様から、毎日のように来るクレーム。うまく立ち回りできなくて、上司に、同僚に、お客様に怒られる毎日。クリスコーポレーションとのキャンペーンが始まって、私がその担当になってからは尚更でした。一日中そういうことに追われて、夜、みんなが帰ってから一人で残って事務処理をする毎日。それでも追いつかなくて、ミスが増えて、みんなに責められて、そんな毎日の繰り返し。一人では無理だと上の人に訴えても「大変なのはみんな同じだよ」と言われるだけでした。でも、みんな同じなんかじゃない、絶対に私だけが特別に忙しかったと思います。もしかしたら、会社を辞めるように仕向けられているのかもしれません。でも、ここを辞めても、どこへ行っても同じように、何らかのトラブルに耐えられなくなって辞めたくなることでしょう。他の動物も、生命力がないものは、幼いうちに死んでいきます。人間は、他の動物より少し頭がいいから、生命力がないことに、自分で気付くだけなんだと思います。だから、決めました。いろいろありがとうございました。さようなら〉

何これ。遺書じゃないの。

路子先輩の遺書だ。

先輩は、流産が原因で亡くなったんじゃないの？

その前から、死を意識していたの？

私はわけがわからなくなった。

そして、生前の路子先輩がそうしていたように、私もここでしばらく泣いた。


その次の週末、私は克巳さんに会いに東京へ行き、路子先輩の遺書を渡してきた。

ちょっと強引だったかな、と、後で思った。克巳さんは、ショックで言葉が話せなくなっていたのに。――それくらい、克巳さんにとっては深い傷跡だったというのに。

無理もない。路子先輩だけじゃなく、自分と先輩の間にできた子供まで失ってしまったのだから。


私たちはその日、お台場を散歩した。

私は他愛のない話をした。今の会社のことよりも、実家の花屋のことや、学生時代の話など。

克巳さんは微笑んで、私の話に頷いていた。私は、男の人と街を歩くのも悪くないなとも思っていた。今まで男の人と付き合ったことがないから、こういう経験も乏しかったけど。

　ランチに入ったお店で、克巳さんはタブレットを取り出した。そこには、

〈今、他の誰かがいじめられているということはありませんか？〉

と入力されていた。

「大丈夫ですよ」

　私は笑顔で答えた。実際、他の誰かが標的になるということはなかった。

標的。そう、路子先輩はいじめられていたのだ。思えば、不器用でおとなしい先輩は、高校でもあまり友達がいなくて、一人でいることが多かったように思える。

　何故、そこまで酷くいじめられるようになったのだろう——。


「今日はありがとうございました。いろいろご馳走になっちゃって」

　夕方の東京駅で私がお礼を言うと、克巳さんは笑顔で首を横に振った。

　そして、タブレットにまた入力した。

〈チューリップ、ありがとうございました〉

「いえ、実家が花屋なんで」

　私は少し照れながらそう言った。

「それじゃ、私はこれで」

私がそう言って、新幹線の改札口に向かった時だった。克巳さんの手が、私のコートの袖を掴んだ。

「え?」

私が振り返ると、克巳さんのタブレットが、連絡先を交換しようと告げていた。

「いいんですか?」

というわけで、私たちのスマホは結ばれた。


東京から帰った次の金曜日の夜、私は、生前の路子先輩と一緒に行ったイタリアンに、営業の夏美さんを誘った。何故夏美さんと食事しようと思ったのかわからない。多分、先輩のお葬式で泣いたのが、私と夏美さんだけだったからだろう。

「佐伯さんには、悪いことしちゃったと思う」

と、夏美さんは言った。

「だけど、他の女子たちが、佐伯さんのこと、よく思っていなくて、あんなことになっちゃったの。会社全体の雰囲気、私一人じゃ変えられなかった……」

その時、私のスマホが、通話着信を告げた。

「ちょっとすみません」

私は一旦店の外に出て、スマホを取り出して、ディスプレイを見た。

――え？

だって、克巳さんは……。

「もしもし」

とりあえず出てみると。

「こんばんは、田口です」

と、克巳さんの声がした。

「克巳さん、喋れるんですか？」

私が訊ねると、克巳さんは、このところ体調を崩して臥せっていたけど、熱が下がった朝、急に喋れるようになったと言った。

「もうすぐ長野に帰りますので、そうしたら、改めてご挨拶に伺います」

「挨拶なんて、私は何も……」

「いいえ、マキさんにはずいぶん励まされましたので」

克巳さんの声を聴いて、思わず胸が熱くなった私だった。

電話を切り、席に戻った時、夏美さんが、

「何かいい電話？　月岡さん、嬉しそう」

と言っていた。

「そ、そうですか？」

私は頬をパチパチと叩いて、

「わあ、おいしそう」

と、私が電話している間に運ばれてきた料理に取り掛かった。

＊

路子先輩の席が片付けられてから、私はお兄ちゃんに電話した。

「そういうわけで、もう花はいいから」

すると、お兄ちゃんは、ちょっと不満そうな声で言った。

「花はあった方がいいぞ」

「だって、先輩の席はもう……」

「先輩じゃなくて、彼氏は？」

「え？」

「克巳さんだっけ？」

「な、何言ってるのよ！」

私は、頬が熱くなるのを感じながら、大声で言った。すると、受話器の向こうから、カラカラ笑う声が聞こえた。

「マキは本当にわかりやすいな」

「どういう意味？」

「見てりゃわかるよ。俺の結婚式の時から、その克巳さんって人が好《よ》かったんだろ？」

「えっ……」

私は返答に困ったけど。

「……でも、克巳さんは先輩の彼氏よ。先輩がいるのに……」

「先輩は、もういないだろ」

「いるよ！」

私や克巳さんの心には、今でも路子先輩は生きている。私がそう言おうとしたら、それより先にお兄ちゃんが言った。

「そういうこと言ってるから、彼氏いない歴二十五年になっちゃったんじゃないか。本当に好きなら、誰にも遠慮なんかいらないんだぞ」

「そんなこと言ったって……」

「とにかく、また花は持ってくからな」

お兄ちゃんはそう言って、一方的に電話を切ってしまった。


路子先輩の席がなくなって、しばらくしたある日のこと。

私が給湯室で自分のカップを洗っていると、遠藤副支店長が、自分の湯呑みを持ってやってきた。

「あ、洗いましょうか」

私が言うと、副支店長は、

「ありがとう」

と、シンクに湯呑みを置いた。そして、何か言いたげにそこに立っていた。

路子先輩のことかな。私の予想は当たった。

「月岡さんは、佐伯さんのこと先輩って呼んでたけど、前から知ってたの？」

「はい、高校の部活が一緒でした」

「そう」

「……あの」

私は、思い切って訊いてみた。

「どうして路子先輩にばかり頼みごとを？」

「うん……」

副支店長は、沈痛な表情で話した。

「佐伯さん、頼みやすかったんだよね。なんていうか、他の女子社員は陰湿っていうか、頼めば『お茶くらい自分で入れて下さい！』とか言われそうで。佐伯さんは、そんなこと言わなさそうだったから。つい頼んじゃってね。それに、竹村さんが、何かにつけて、『そんなのは、佐伯さんにでも頼めばいいじゃないか』っていうものだから。でも、まさかこんなことになるとはね……」

「そうですね」

確かに、この会社の女性社員は、そういうところがあるかもしれない。路子先輩もまた、みんなの輪に入れずに、一人つらい思いをしていたのだろう。そして、一人みんなの会話の中に入らず、黙々と仕事をしていた先輩が、上司としては用事を頼みやすかったのか。

私は湯呑みをふきんで拭くと、副支店長に渡した。

「すみません、変なこと訊いちゃって」

「いや」

湯呑みを受け取った副支店長は、給湯室を出ていった。

＊

雨の日の午後だった。

来客を告げるチャイムが鳴ったので、一人の女性社員さんが受付に出た。

そして。はっきりすぎるくらいの、男性の声が聞こえた。

「佐伯路子さんを殺したのは誰ですか？」

みんな、誰からともなく顔を見合わせた。

覚えている。あの声は、確か。私が戸惑う間もなく、もう一度声が——薫さんの声が聞こえた。

「佐伯路子さんを殺した人を、ここに連れてきて下さい」

「……少々お待ち下さい」

彼女は戻ってきて、竹村支店長に小声で相談しているようだった。

私はさりげなく席を外すと、廊下から受付に出た。受付には、克巳さんと薫さんが立っていた。

「どうしたんですか？」

私が訊ねると、薫さんが答えた。

「路子ちゃんのこと、決着つけに来たんだ。路子ちゃんは事故で死んだんじゃない。この会社に殺されたんだ」

克巳さんも、黙って頷いた。

私は戸惑った。何を戸惑ったのかわからないけど、戸惑った。そんな私に、薫さんは言った。

「マキさんの名前は出さないから、安心して」

「ええ……」

そこに、さっきとは別の女性社員さんが現れた。

「こちらへどうぞ」

克巳さんと薫さんは、応接に消えた。

二人は竹村支店長に応対してもらうことになったようだった。私は、応接にお茶を運んだついでに、彼らの会話に耳を傾けた。

「何か、勘違いをされているようですね」

支店長は話した。

「彼女が残業や休日出勤をしていた分の手当は、きちんと支払っていました。労災だって出ました。すべて解決したじゃないですか」

「でも、遺書が発見されました」

薫さんは、例の手紙をテーブルに出した。

その後の展開が気になったけど、いつまでもそこにいるわけにいかない。お茶を出し終えてしまった私は、応接を出た。

それでも、気が気じゃなかった。こんな気持ちでデスクに戻っても、仕事なんて手につかない。そう思った私は、トレイを持ったまま、応接の中の様子を窺っていた。

「遺書と言っても、佐伯が書いたという証拠はないでしょう」

支店長の声が聞こえる。

「誰かがいたずらしたんじゃないですか？」

「でも、この会社で見つかったものです」

薫さんの懸命に話す声も聞こえる。

「それじゃあ、この会社の誰かからその手紙をもらったということですか？」

しまった！

あの手紙は、私のデスクに入っていたものだ。私が克巳さんに渡したものだ。

「それは誰ですか？　名前を言って下さい」

「それは……」

薫さんは言葉に詰まる。

どうしよう。私のデスクに先輩の遺書があったって、名乗り出ようか。そうしている間にも、薫さんの冷静な声が聞こえる。

「それより、路子さんが内向的な性格だって、わからなかったんですか？」

「もちろんわかりました」

支店長が答える。

「だったらどうして、内向的な人だと務まらないような、キャンペーンの担当をさせたんですか？」

「で、ですから、彼女の内向的なところを直してあげようと思いまして……」

「あのですね。目の不自由な人に、あなたの目が見えないのは、見ようとする努力が足りないからだって言いますか？　あなた方がしてきたことって、そういうことじゃないですか？」

薫さんが言うと、しばらく誰も何も言わなかったが、ややあって、言葉に詰まったかのような支店長の声が聞こえた。

「人聞きが悪いですね。私が佐伯を殺したとでも？」

一瞬置いて。


がちゃーん！


私はびくんとした。

何が起こったのかわからない。

わからないけど、応接から克巳さんが飛び出した。

「克巳！」

薫さんが追いかけてくるが、克巳さんは、あっという間にエレベーターに飛び込んだ。

ドアが閉まったエレベーターは、上に向かって、屋上で止まった。

薫さんが、エレベーターのボタンを押した。私も一緒に行こうと、トレイを投げ捨てて続いた。

エレベーターが来るまでに、ちょっと応接の様子を覗くと、唖然としている支店長の足下で、茶碗が割れていた。克巳さんが投げつけたのだろう。いつも冷静な克巳さんが、そんなことをするなんて、ちょっと信じられなかった。

ほどなく、エレベーターが開いた。

「ごめんなさい……。私が、先輩の遺書を見つけたって、最初から言っていれば……」

私がエレベーターの中で言うと、薫さんは、

「マキさんのせいじゃないよ」

と一言言っただけだった。


屋上に出ると、隅の方で、克巳さんが雨に打たれて立っていた。

「克巳！」

薫さんが呼ぶと、克巳さんは振り返った。雨なのか、涙なのか、わからない滴で頬を濡らしていた。

「路子を殺したのは、他の誰でもないんだよ。……俺なんだよ。俺が路子をきちんと守ってやれなかったんだよ。俺が一言、結婚しようって言っていれば、路子だって会社辞めることできたんだ。……だから……俺が路子を殺したんだよ！」

克巳さんは最後の方を、絞り出すように叫ぶと、その場に泣き崩れた。

雨に打たれ、肩を震わせて、声を出して泣いていた。

薫さんは、ゆっくり克巳さんの方に歩み寄った。

「もういいよ。もういいじゃないか」

薫さんは、弟を雨からかばうように、克巳さんの肩を抱き寄せた。

私は、屋上の出口で、その様子を見ていた。克巳さんは、こんなにも路子先輩を思っているのだ。私の前では、一度だってこんな風に激しく感情を表に出したりしなかった。

そう思うと、私も胸が痛んだ。

「戻ろう」

薫さんが言うと、克巳さんは頷いて、立ち上がった。

その時。二、三歩歩いた克巳さんの動きが止まった。

次の瞬間、克巳さんは、雨に濡れたコンクリートの上に倒れていた。

「克巳!?」

「克巳さん！」

気付いたら、私も飛び出していた。

＊

その日の定時後、私は、克巳さんが搬送された病院へ行った。処置室には、薫さんが付き添っていた。

私の気配に気付いたのか、薫さんは振り返った。

私は、黙って頭を下げた。

「大丈夫だよ」

薫さんは、私を安心させるように言った。

「目が覚めたら帰っていいってさ」

私は、黙って頷くしかなかった。


だけど克巳さんは、なかなか目を覚まさなかった。私は薫さんに促されて、一旦家に帰ることになった。

タクシー乗り場まで来てくれた薫さんは、

「いろいろありがとう」

と言ってくれた。

「私、何もお役に立てなくて……」

「いや、マキさん一緒に来てくれて、安心したよ」

「安心？」

「うん」

薫さんは、その先を少し言いにくそうに言った。

「俺に法子が――あ、俺のカミさんなんだけどさ。法子が現れたように、克巳にも誰か現れないかなって思ってたんだ。だから」

「いえ、私はそんな……」

私が言いかけた時、タクシーが来た。


私はタクシーの中で、運転手の手前、懸命に涙をこらえていた。

私には、薫さんの期待に応える資格なんてない。路子先輩を殺したのは……私だ。

私は気づいていた。路子先輩が出している信号に気づいていた。気づいていたのに、自分は新入社員だから会社のことはよくわからないとか言って、逃げていたのだ。

路子先輩へのパワハラをなくすために、私が立ち上がっていれば、こんなことにはならなかったんだ。

それなのに、こんなところまで出しゃばって。

偽善者。

　そう、私は偽善者だ。

　タクシーを降りて、部屋に戻った私は、床に突っ伏して、声をあげて泣いた。その裏で、一人暮らしを始めていてよかったと思っていた。家族が周りにいては、こんな風に泣けない。


「そんなこと、いつまでもくよくよしてたってしょうがないじゃないか」

　お兄ちゃんは、いつものように手際よく花束を作っている。

「そりゃ、亡くなった人を忘れないことはいいことだよ。だけど、お前も、克巳さんも、みんなして後ろ向きになってたら、先輩だって浮かばれないよ」

「うん……」

　頷いてみたけど、やはり心が沈んでしまう。


　次の休日、お兄ちゃんから花束を受け取った私は、路子先輩のお墓に行った。

「先輩、ごめんなさい」

　私は、墓碑に手を合わせた。

「先輩があんなにいじめられてたのに、助けてあげられなくてごめんなさい。――それに、私がもっと早く先輩の遺書を見つけてたら、こんなことにはならなかったのに……」

克巳さんは、どんな気持ちで、自分が路子先輩を殺したと言ったのだろう。自分が路子先輩を妊娠させたりしなければという思いがあるのだろう。

ああ、だめだめ。

こんな時に克巳さんのことを考えていては、路子先輩に怒られちゃう。

でも、やっぱり。

――私は、克巳さんが好きなのだ。

*

「申し訳ございません。田口はお休みをいただいておりますが……」

フロント係の言葉に、私は、そうですかと引き下がるしかなかった。

あれから一週間。ひょっとしたら、もう克巳さんは仕事に復帰しているかもと思ったけど。

克巳さんからは、メールが届いていた。薫さんが東京に帰って、奥様を呼び戻し、二人で結婚生活を始めたという内容だった。その時に、話したいことがあるから近いうちに会いたいともあった。

それが何なのか気になったし、もしかしたら、純粋に克巳さんに会いたいという気持ちもあったのかもしれない。せっかくお兄ちゃんに、フリージアの花束を作ってもらったんだけど、それなら仕方がない。自分の部屋にでも飾ろう。

ホテルを出て、駐車場に向かって歩いていると。

「月岡さーん！」

背後から声がしたので、振り向くと、克巳さんのお父さん、田口さんがこちらに向かって走ってきた。

私たちは、ホテルのティールームに向かい合った。

「すみませんね。克巳はまだ体調が万全じゃないんです。本人は大丈夫だって言うんですけど、客商売ですから、お客様の前で倒れられても困りますし……」

「じゃあ、このお花、お父さんから克巳さんに渡していただけますか」

私が花束を差し出すと、

「いいえ、もしよかったら、家に行ってやってもらえますか」

「え？」

「家は近いんです。月岡さんが直接届けて下さったら、あの子も喜ぶと思います」

「でも……」

「あ、心配しなくても大丈夫ですよ。克巳のことは信用してもらって」

「いえ、そういう意味じゃなくて。ご迷惑じゃないでしょうか」

「行ってやって下さい」

田口さんは、ポケットからスマホを取り出し、地図を起動して私に見せた。

「会ってくれれば、あの子も元気が出ると思います」

そして今、私は、田口家のあるマンションの玄関にいる。私が住んでいるワンルームとは段違いの、高級マンションと呼ばれるそれだった。私は、部屋番号をプッシュした。

「はい」

インターホンから、克巳さんの声が出る。

「あの、月岡ですけど……」

「ああ、お待ちしてました。どうぞお入り下さい」

その声と同時に、玄関のドアが開いた。

「あの、これ」

私は、フリージアの花束を克巳さんに差し出した。

「すみません、ありがとうございます」

克巳さんは花束を受け取ってくれた。

「コーヒーでいいですか?」

「あの、おかまいなく」

「座ってて下さい。すぐですから。僕、コーヒー入れるの好きなんです。あちらに座ってて下さい」

「はい……」

私は言われた通り、応接のソファに座った。

何分も待たないうちに、克巳さんがコーヒーと、クッキーの入ったお皿を持ってやってきた。

「どうぞ」

克巳さんに勧められるままに、私はコーヒーを飲んだ。

「おいしい……」

私が思わず言うと、克巳さんは嬉しそうに微笑んだ。

「ホテルで一通りの研修はしましたから」

実際、そのコーヒーはおいしかった。克巳さんもコーヒーを飲み、カップを置くと、本題に入った。

「これ、ありがとうございました」

克巳さんは、テーブルの隅にあった封筒を、私に差し出した。路子先輩の遺書だ。

「いえ、返していただかなくても……」

「この路子の遺書は、マキさんが持っていた方がいいと思うんです」

え？　それはどういう意味？

戸惑う私に、克巳さんは話した。

「実は、路子のお母さんが、僕に路子の日記を持ってきたんです。そこに、僕へのメッセージが書かれていました。だから、この遺書は僕宛じゃないんです。多分、マキさんに宛てて書いた遺書じゃないかと思うんです」

「私ですか？」

「ええ。それに、僕宛の遺書なら、自分がされたことを、こんなに細かく書かないと思うんです。僕には何もかも話してくれましたから。わざわざ書かなくても僕は知ってました。だから、きっとマキさん宛の遺書なんですよ」

「でも」

「路子がいなくなってしまった今は、本当のことはわかりません。でも、マキさんのデスクに入っていた以上、少なくともマキさんが持っている権利はあるはずです。路子は、マキさんを味方と認めていたんだと思います」

「私、何もしなかったのに……」

「でも、心配してくれた。路子には、それがわかってたんだと思います」

私はいよいよ困惑して、俯いた。

そして、言った。

路子先輩を助けるために、具体的には何もしなかったのに、いかにも味方みたいなフリをしていた自分は偽善者だということ。

「偽善者だなんて言わないで下さい」

克巳さんは答えた。

「確かに僕たちは、最終的には路子を助けることはできなかったけど、少なくともマキさんは、嫌がらせに加担しなかったじゃないですか。あの日だって、路子の代わりにお茶くみをしてくれたじゃないですか。だから、そんな風に自分を責めないで下さい」

「……克巳さんも、自分を責めないで下さい。口がきけるようになったってことは、きっと神様が、もう先輩のことで苦しまなくてもいいって言ってるんですよ」

ちょっとくさい台詞だったかな。

「ありがとうございます」

それでも克巳さんは、いつもと変わらない優しい瞳で、私を見た。

「――私、帰ります」

何だか照れくさくなって、私は立ち上がった。

「あ、じゃあ、クッキー持ってって下さい」

克巳さんは、残ったクッキーを、紙ナプキンで包み始めていた。

「え？」

「僕がこんなことになって、お見舞とかでもらうんですけど、男二人の家ですから、なかなか減らないいんです。持っていってもらえませんか？」

「すみません……」

私は、クッキーの包みを持って、部屋を出ようとしたその時。


「あの」

克巳さんに呼び止められて、私は振り返った。克巳さんは少し青ざめ、神妙な表情をしていた。

「今から僕が言うこと、信じてくれますか？」

克巳さんから発する小さな気迫に圧されて、私は頷いた。

「路子、流産しましたよね」

「ええ」

克巳さんは、意を決したように、深く息を吸い込むと、言った。

「……僕の子じゃないんです……」

4　克巳の明日

「……僕の子じゃないんです……」

僕はついに、その真実を言ってしまった。

「えっ？」

マキさんの声が、うつろに部屋に響いた。

田口克巳、二十六歳。

路子の中に宿っていた生命は、僕の子供ではない。僕は、路子が妊娠するようなことは、何もしていない。

僕は俯いたまま、マキさんの反応を全身で待っていた。

「……どうして……」

聞こえてきたマキさんの声は、震えていた。

「そんな大事なこと、どうして今まで黙ってたんですか！」

「言っても、誰も信じてくれないと思ったんです！」

顔を上げられない僕の耳に、マキさんのか細い声が聞こえた。

「……そうですよね……。じゃあ……誰が……」

「その時のことが、日記に……」

僕はもう、それ以上言えなかった。


その時、場違いな電子音が聞こえた。マキさんのスマホだった。

「もしもし。――うん、わかった、すぐ帰るね」

マキさんは、短い会話でスマホを切った。

「ごめんなさい、兄がこれから来るって言うから、もう行きますね」

「ええ」

僕は、笑顔を繕った。

玄関で靴を履いたマキさんは、僕に向き直った。

「私はいつでも、克巳さんの味方ですから」

マキさんはそう言って、玄関のドアを開けて出ていった。

*

マキさんを見送った後、僕の前には、路子の日記と、マキさんのくれたフリージアが残った。それを見比べながら、涸れ果てたと思っていた涙がまた溢れてきた。

路子は、望まない妊娠を一人で悩んでいたのではないか。

——僕の母さんと同じじゃないか。

母さんも中学生の時に、薫のお父さんと親しくした結果、僕を宿した。困惑した母さんは、家出して長野に辿りついたんだ。

フォレストイン長野で働きながら、僕を産んだ母さんだけど、家族に見つかって、騒ぎになったらしい。結局僕は、遠縁の斉藤家に預けられた。

だけど、今の田口の父さんは、血が繋がっていない僕を大事にしてくれている。

それなら僕だって、路子の子供を自分の子供として、一緒に育てることだってできたのに。

僕と路子は、大学入試で知り合った。僕の隣にいた路子が、コンタクトレンズを落としたのを、僕が見つけたのだ。そして、二人とも無事合格。それから間もなく、僕たちの付き合いが始まった。

かれこれ八年も付き合っていて何もないなんて、人が聞いたら変に思うかもしれない。だけど、僕は男子校出身だし、路子は女子校出身。お互い異性に免疫がない状態で付き合い始めたのだから、そういう付き合い方があってもいいだろう。そういうことは結婚してからにしようというのが、二人の暗黙の了解だった。


路子が倒れた日のことは、今でも鮮明に覚えている。

夜勤明けで家にいた僕のスマホが鳴ったのは、夕方近い時間だった。ホテルのフロントの女性からだった。

「すみません、お休みのところ。先日挙式された月岡様の妹さんが、大至急田口さんと連絡とりたいって言うものですから」

月岡さん。

確か月岡マキさん。僕のホテルで挙式されたお客様の妹さんだ。そして、路子の後輩だとか言っていた。フラッシュネットに入社したと、路子が言っていたっけ。

僕は胸騒ぎがして、教わったマキさんの携帯の番号に電話をかけた。

「もしもし」

「田口です。月岡さんですか?」

「はい」

マキさんの話だと、路子が会社で下腹部から出血して、病院へ搬送されたという。下腹部という言葉に、すっと胸のあたりが冷たくなった。

僕は病院へ車を走らせ、処置室の前で待っていた。後からやってきた路子の両親とマキさんは長椅子に座っていた。僕は黙って頭を下げると、空いている椅子に座った。

しばらく無言で待っていると、先生が出てきた。

「先生……」

路子のお母さんが、先生に駆け寄った。

先生は、沈痛な面持ちで言った。

「残念ですが……流産です」

流産？

僕の嫌な予感は的中した。みんなの視線が僕に集中するのを感じた。

〈違う、僕は何もしていない！〉

僕は心で叫んだけど、声に出すことはできなかった。

先生は続けた。

「路子さんも、このまま意識が戻らなければ……」

「そんな！」

路子のお母さんが、先生に縋りついた。

「お願いです先生！　助けて下さい！　この通りです！」

そんなお母さんを残して、僕は、みんなの視線を振り切るように、あてもなく歩き出した。

何故路子は妊娠していたんだろう。僕たちの間には、そういうことは何もなかったのに。

路子の中に宿っていた生命の父親は僕だと、誰もが思っているだろう。今、本当のことを言っても、責任転嫁していると思われるだけだ。そう思ったのだ。逃げたのだ、今思えば。

路子が永遠に目を閉じたのは、それから間もなくだった。

精神的重圧で言葉が話せなくなった僕は、薫の家にいた。


薫と法子姉さんのお陰で、僕は少しずつ元気を取り戻していった。

そんなある日、法子姉さんのお母さん、つまり、僕の母さんをずっと罵倒し続けたおばさんが、家にやってきた。薫は僕をかばって、僕に寝室にいるように言ってくれたけど、おばさんの声は丸聞こえだった。薫と法子姉さんを離婚させると叫んでいた。

僕はたまらなくなって、少しばかりの荷物を持つと、誰にも気づかれないように、家を出た。雨が降っていたけど、傘を取りに戻るわけにもいかず、濡れて歩いた。僕のせいで、薫や法子姉さんに迷惑かけたくない。


大通りまで出て、どこかのカフェで時間をつぶそうかと思いつつ、雨宿りしていた時だった。

急に、背後でクラクションが鳴った。

「克巳じゃないか」

振り向くと、薫のお父さん――僕の実の父さんだった。

お父さんは車を停めると、傘をさして僕に近づいた。

「どうした、こんな時間に。薫と喧嘩でもしたのか？」

僕は首を横に振りながら、涙が溢れてくるのを止められなかった。

「とにかく、車に乗りなさい」

お父さんは、僕に傘をさしかけてきた。


お父さんのマンションに着いて、お風呂に入れてもらった僕が、ドライヤーで髪を乾かしてダイニングに行くと、お父さんが、テーブルを整えていた。

二つのワイングラスに、チーズとクラッカーのお皿が真ん中にある。

「あったまったか？」

お父さんの問いに、頷く。

「座りなさい。一杯付き合ってくれるね」

僕は、お父さんの向かい側に座った。

「そのパジャマは、薫がここに泊まりにきた時のために買っておいたものなんだが……君の方が先に着てしまったね」

言われて僕は、改めて自分が着ているパジャマを見た。お風呂に入っている間に、お父さんが用意してくれたのだった。無地のベージュに、裾と袖にチェックの縁取りがあるパジャマだ。薫に似合いそうだ。僕には少し大きいが。

「薫には電話で話しておいたから。今日は何も考えないで、ここに泊まりなさい」

ワインで喉を潤すと、僕はタブレットに書いた。

〈斉藤のおばさんが、薫と姉さんを離婚させるって〉

〈僕のせいで、そんなことになったら〉

「大丈夫。薫は君が悲しむようなことはしないから」

お父さんは、チーズをつまんだ。

「あの子は本当に君のことを大切にしているからね」

「………」

俯く僕に、お父さんは話した。

「君がお母さんを亡くした夜、薫の部屋に泊まっただろう」

そう。母さんが事故でこの世を去った夜、今日と同じように、僕は街をさまよい歩いた。あの時は雪が降っていて、雪に濡れた僕は、熱を出して倒れた。

僕が搬送された病院は、お父さんが勤めている病院だった。付き添ってくれた薫がそうしたのだ。お父さんが診察した。その時お父さんは、僕が、昔自分と関係を持った少女との間にできた子供だと気づいたらしい。

その夜、薫の部屋に泊まった僕は、何もかも通り越して、薫の胸に顔を埋めて、子供のように声をあげて泣いたっけ。

「——あの時薫は君に対して、初めて自分じゃない誰かを守りたいと思ったって言っていたよ」

お父さんの言葉に、僕は顔を上げた。

薫が、そんな風に思っていてくれたなんて。——それなのに、出てきてしまったなんて。

「君が薫の弟だということを話した後で、薫はそう言っていたよ」

僕は再び俯いた。テーブルに涙の滴を落とした。

「君は田口さんの養子になったけど、私は今でも君を息子だと思っているし、薫だって君を弟だと思ってる。だから、困ったことがあったら、私や薫のことを思い出してほしいんだ」

僕は、泣きながら頷いた。

「だから今は何も心配しないで、薫に頼ってくれないか」

言葉が話せない僕は、ただ頷くしかなかった。

それから、雨に当たったせいで熱を出した僕は、翌朝お父さんの病院へ行った。点滴をしたら、熱はすぐに下がった。その夜は、夜通し薫が付き添っていてくれた。

そして、その次の朝だった。目が覚めたら、急に声が出るようになったのだった。そこで僕は、薫と法子姉さんの結婚生活を邪魔したくないという気持ちもあり、長野に戻ることにした。

長野に戻ってきてから、気が付いた。喋れなかった時に、筆談に使っていたタブレットに、見慣れないメモがあった。おそらく、僕が眠っている時にでも、薫が入れたのだろう。

〈真実は必ず明るみに出るから、何か一人で抱えていることがあったら、早めに言った方がいい〉

薫は知っていたのか。僕と路子の間に、何もなかったことを。

僕は何も言わなかったのに——。

そして。路子の日記。

僕が仕事を休んでいる時に、路子のお母さんが、ホテルまで持って来てくれた。

「お母さん気にしてたよ、克巳にひどいこと言ったって」

日記を受け取った父さんが、そう言って僕に日記を渡した。

その日記に、真実が綴られていた。

だから、僕は初めて、マキさんに真実を話したのだ。

＊

薫は、僕が高校生の頃、そう、僕らが兄弟だとわかる前から、僕を気遣ってくれた。僕が高校生の頃よく通っていたカフェで、当時大学生の薫がアルバイトしていた。それで僕らは知り合った。

夏休みのある日、家の人に母さんを侮辱された僕は、一人でそのカフェに立ち寄り、悔しくて泣いていた。そんな僕のテーブルに、薫は黙ってハンカチを置いていってくれた。

その数日後、僕は友人の付き合いで、彼が受験する大学のオープンキャンパスに行った。そこで友人は、知人だというその大学の学生と親しげに話していたが、そこに現れたのが薫だった。薫もまた、そこの学生だったのだ。

「あれっ」

薫は僕を見て、驚いていた。僕は、ペコリと頭を下げた。

「あの、ハンカチ借りたままで……」

僕が言うと、薫は素っ気ないとも思える口調で、

「ああ、いいよ、返さなくて」

と言った。

「でも、洗ったんです。今度お店に持って行きますから」

「そう？　まあ、どっちでもいいけど」

薫は茶色の髪をかき上げ、初めて僕に笑みを見せてくれた。ちょっと照れたような笑顔だった。


それから、僕と薫の交流が始まった。

その日から僕は、薫がバイトしているそのカフェに行くと、カウンターに座って、薫と話すようになった。そうこうしているうちに、薫が僕を食事に誘ってくれるようになった。

生まれが生まれだっただけに、預けられていた家ではよくされていなかった僕が、誰よりも

心を開いたのが、薫だった。学校の友達には、普通の家族がいる。みんなに普通にある家族が、僕にはなかった。だから、学校の友達とどんなに仲良くしても、埋められない淋しさがあった、それを埋めてくれたのが薫だった。

薫もまた、人付き合いは苦手だと言いつつも、僕には本心をさらけ出してくれていた。

僕が長野に移っても、僕らの交流は続いた。

そんなある日、母さんの墓参りに行くと、お墓の前に、初老の男性がいた。

「君が、克巳君?」

「……はい……」

「神崎薫の、父です」

その短い会話で、僕にはわかった。この人が、母さんと援助交際をした人で、僕の本当の父さんなのだと。つまり、薫は、兄のように慕っていた薫は、本当の兄さんだったのだと。

そして、僕と薫、薫のお父さんと、田口の父さんが話し合って、僕は田口の養子になることに決めた。

交通事故に遭った母さんが、最期に父さんに言ったそうだ。

「克巳を頼みます。あの子は私とあなたの子供」

と。

母さんのためにも、僕は長野で田口の養子になることが一番いいと思った。


その頃から、薫と法子姉さんが付き合っていることは、なんとなく気づいていた。僕も路子と付き合うようになり、軽井沢で四人で食事したこともあった。

僕と路子もいずれは、とは思っていた。だけど、ようやくコンシェルジュになった僕は、仕事のことでいっぱいいっぱいだった。まだ所帯を持つ心構えができていなかった。それができていれば、路子を救うことだってできたのに——。

*

日勤の日、そろそろシフトが交替になるという時だった。

コンシェルジュデスクの電話が鳴ったので、僕は受話器を取った。

「はい、コンシェルジュデスクです」

「フラッシュネットの月岡様からお電話です」

「はい」

マキさんからだ。

マキさんとは、あの日以来会っていないが、路子と同じで、僕の仕事の邪魔をするようなことはしない。何かあったのだろうか。

「お待たせいたしました。田口です」

「克巳さん、お願いがあるんです」

マキさんの声は、切羽詰まっていた。

「路子先輩の日記、すぐ貸してくれませんか?」

「えっ?」

「お願いします、必ずお返しします」

「それはいいですけど……何かあったんですか?」

マキさんの話によると、路子の死について、東京本社から調査に来ている人がいるという。

支店長は、何とか路子は事故死で片付けようとしているらしい。

「そうですか。――それじゃ、今から届けに行きます」

「でも、お仕事は……」

「そっちの方が大事でしょう」

「ありがとうございます。お願いします」

僕は、フロント係のチーフに手短に事情を話し、コンシェルジュを替わってもらうと、ロッカー室に向かった。制服を脱いだ時、スマホにメール着信のランプがついていることに気づいた。差出人は、薫だった。

〈昨日、フラッシュネットの東京本社へ、路子ちゃんのことを話しに行った。そしたら、長野支店へ調査に行くと言ってくれた。克巳にはまた迷惑をかけるかもしれないけど、克巳を苦しめた奴は俺が許さない。勝手なことをしてすまなかった。何かあったら許してほしい〉

それを読んでいるうちに、点と点が線でつながるように、すべてがわかった。

薫が動いて、今日の調査になった。調査には、どうしても路子の日記が必要だと、マキさんが判断したのだ。マキさんもまた、路子の死をうやむやにしないように、立ち上がったのだ。

路子の恋人であった僕とマキさんが接点を持ったら、他の社員の間で、良くない噂が流れるかもしれない。マキさんは、それも厭わないというのか。

——マキさんを守らないと。

守れなかった、路子の分まで——。


フラッシュネットに到着した僕が、受付のチャイムを鳴らすと、すぐにマキさんが出てきた。

「克巳さん、すみません」

「いえ」

「そこに座って下さい。今お茶を——」

「いえ、すぐに行きましょう」

僕が言うと、マキさんは頷いた。


応接へ行く途中で僕はマキさんに、薫が動いたことを話した。

「そうだったんですか。それで急に東京本社の人たちが」

「ええ、多分」

応接に着くと、マキさんがドアを叩いた。返事はない。マキさんは、困惑して僕を見た。

「入りましょう」

僕が言って、マキさんがドアを開けた。中に入った。

「君は……」

僕を見た竹村支店長に、狼狽の色が浮かぶ。

「あなた方は？」

支店長の向かいに座っていた二人の男性のうちの一人が問いかける。マキさんが答える。

「私は、路子先輩の高校の後輩でした。こちらは路子先輩の友人だった人です」

「そうですか」

彼は、支店長に視線を向けた。

「竹村さん、ちょっとはずしてもらえますか？」

「しかし……」

「はずして下さい」

彼に強く言われた支店長は、しぶしぶ応接を出た。入れ替わりに、僕たちがソファに着いた。

僕は早速、路子の日記をテーブルに置いた。

「路子の日記です。ここに、この会社で起こったことが全て書かれています」

彼らが、日記を手に取って、ぱらぱらとめくる。

僕はさらに言った。

「あの遺書は印刷されたものだから、確実な証拠にはならないけど、路子の字で書かれた日記なら、きちんと鑑定すれば、立派な証拠になるでしょう」

「……わかりました」

彼らは、日記を閉じた。

「これをお預かりしてよろしいですか?」

「結構です。ただ、大事な物ですから、必ず返して下さい。ここに送っていただければ結構です」

僕は二人に、自分の名刺を渡した。


僕らが応接を出ると、竹村支店長が、居心地悪そうに、廊下に立っていた。

「竹村さん」

僕は、まっすぐ支店長に詰め寄った。

「あなたは、路子の内向的なところを直してあげようと思って、キャンペーンの担当をさせたとおっしゃいましたね」

支店長は、返事をしなかった。

「でも、どうして内向的だといけないんですか。僕は、路子が好きでした。内向的な路子が……好きでした」

僕は涙を堪えながら、懸命に話した。

「それから」

僕は、溢れかけた涙を拭うと、本題に入った。

「あなただったんですね」

「な、何がですか」

「路子を……」

支店長の声は、動揺しきっていた。

僕はそれ以上言えず、俯いた。背後でマキさんが青ざめるのがわかった。

「支店長」

マキさんがおずおずと言った。

「今、あの方たちに、路子先輩の日記を渡してきました。だから、隠されても無駄です。路子先輩が妊娠していたのは、つまり……」

「な、何を言うんだ」

竹村支店長は、何とか威厳を保とうとしているようだった。

「だって田口君、君が佐伯の恋人だったんだろうが」

「僕は、身に覚えがありません！」

僕の声は、思いのほかこわばっていた。

「そんな、いまどきの恋人がそんなことを言ったって、通用するわけが――」

その時、応接のドアが開き、先ほどの二人が出てきた。

「竹村さん」

二人が、竹村支店長に詰め寄る。

「日記を読ませていただきました。――すぐに警察へ行って下さい！」

竹村支店長は、黙って首《こうべ》を垂れた。

＊

それは、クリスキャンペーンが始まる前のことだった。

路子は、正副支店長と一緒に、クリスの偉いさんたちとの接待に駆り出された。ただでさえ、お酒の席が苦手な路子だ。僕と二人の時も、僕が車を運転していることもあり、二人で呑んだことはない。人との会話が苦手な路子が接待なんて、どんなに辛い時間を過ごしたことだろう。

その夜の帰りだった。

「遅くなっちゃったね、送るよ」

泥酔でもないが、酔っていた竹村支店長が、路子に言った。路子は、ついていけばどういうことになるかわからないほど子供ではなかったが、逆らったら、ただでさえ悪い会社の居心地が更に悪くなると思い、ついていった――。

竹村支店長は逮捕された。

警察で竹村支店長は、合意の上だった、と、お決まりの言い訳をしたが、通じなかったらしい。もっともだ。路子は抵抗しなかったようだが、厳密には、抵抗できなかったんだ。

日記のその個所を読んだ僕は、改めて涙が込み上げてきた。そんなことがあっても、僕の前では笑顔を見せていた路子。どんな気持ちで僕との付き合いを続けていたのだろう。そして、僕はどうして気づいてあげられなかったんだろう。

支店長が逮捕された次の日の午後、僕は、路子のお母さんと、ホテルのティールームで向かい合った。急に僕を訪ねてきたのだ。

「ケーキでも如何ですか?」

「いいのよ、気を遣わないで」

お母さんは、僕の気遣いを、丁重に辞退した。なので、僕らはコーヒーを挟んで向き合う形になった。

「ごめんなさいね。克巳さんにひどいことといっぱい言って」

「いえ……」

お母さんは、僕に対してひどく恐縮していた。

「――あなたじゃなかったのね」

お母さんは、そう切り出した。

僕が黙っていると。

「そうよね。路子を簡単に妊娠させるような人だったら、私も主人も、お付き合いは許さないもの」

何か言わなければと思ったけど、何も言葉が出てこなかった。

「ところでね」

お母さんは、声を改めた。

「テレビで、ＡＤＨＤのことを見てね。路子もそうだったのかもしれないって思ったの。私が早く気づいて、病院へ連れてっていればよかった」

ＡＤＨＤ。

路子がそれに当てはまるのではないかと、僕もうすうす感じていた。そして、思い出した。

路子は、フラッシュネットで、うまくお客様の対応ができなくて責められることが多く、同僚の目さえ怖くなり、だんだん孤立していったのだ。

「私が何かミスするとね、支店長が、みんなを集めて怒るの。私だけを怒ってくれればいいのに。みんなに悪くて……」

よく、そんなことを言っていたっけ。

僕も、いつも楽しくホテルの仕事をしていたわけではない。不特定多数のお客様の中には、クレーマーももちろんいる。

路子は、こんなことも言っていた。

「サービス業っていうのは、みんなに怒られるのが仕事で、その慰謝料としてお給料をもらうんだね」

って。

僕はそれを心で否定したけど、口には出さなかった。言えば路子を傷つけると思ったから。

ただ、路子にサービス業は向いていないことは、なんとなくわかっていた。だけど、僕には力がなかった。転職先を探してあげることも、路子の転職を渋る両親を説得することも、――路子と一緒になることもできなかった。

「実はね」

お母さんは、黙っている僕に、一方的に話した。

「路子が亡くなってしばらくしてから、路子のスマホが鳴ったのよ」

「えっ」

僕は、思わずカップを置いた。カップとソーサーが、思いがけず大きな音を立てた。

「路子のスマホ、まだ解約していなかったのよ」

「それで、電話はどこから……」

「あなたのお兄さんだと言っていたわ」

「薫が？」

どうして薫が路子のスマホの番号を知っているのかと、一瞬だけ思ったが、これもまた、僕が眠っている間にでも、僕のスマホを見たのだろう。パスワードも知っていたのかもしれない。薫の前でスマホを使ったことが何度もあるから。

「あの、兄は何て？」

「フラッシュネットを訴えてはどうかって」

知らなかった。薫がそこまで動いていたとは。

「もちろん私も、あの日記を読んだ時は、フラッシュネットに乗り込んでやると思った。でもね、主人が止めたの。主人はいつも冷静でね。そんなことをしても、もう路子は戻って来ないからって」

お母さんはそう言って、寂しげな微笑を浮かべた。

そういえば、路子の流産がわかった時も、取り乱したお母さんや逃げだした僕とは違って、お父さんは冷静だった。

「主人が言ったのよ、このまま克巳さんに罪を着せたままでいるわけにはいかないって。克巳さんにも立ち上がってほしいって」

――それで、僕に日記を持ってきたというわけか。

「克巳さんも、すぐには立ち直れないと思うけど、まだ充分やり直しのきく歳よ。いつかは素敵な人を見つけて、幸せになってほしいの」

「いえ、僕は……」

言いかけた僕の脳裏に、何故かマキさんが浮かんだ。僕は、あわててそれを打ち消した。

「そんな顔しないで」

お母さんは、優しい声で言った。

「ここのホテルは、路子の法事の時に使わせてもらうわ。だから、これで最後ってことはないから」

「ありがとうございます」

僕がお礼を言うと、お母さんは、路子によく似た、ちょっと少女のような表情を見せて言った。

「やっぱり、ケーキいただいていこうかしら」

「はい！」

僕は、路子がよく食べていたケーキをオーダーした。


その夜僕は、薫に電話をかけて、ことの顚末を話し、改めてお礼を言った。

そして、僕と路子の間に何もなかったことを、どうして薫が気付いていたのか、気になったので、訊いてみた。路子のお母さんにあんな電話をするなんて、いよいよ薫はそのことを知っていると思わずにはいられなかった。

「知ってたっていうか、わかってた」

「わかってた？」

「だって、お前は嫁入り前の娘をどうこうするキャラじゃないしさ」

話の内容が内容だっただけに、事実を突き止めることはできなかったのだろう。

「ところでさ」

薫は声を改めた。

「マキちゃんとはどうなんだ」

「うん……」

マキさんには何度かメールを送ったが、最近返事が来ない。こちらから一方的に連絡するのも気が引けて、そのままにしてある。

僕がそれを言うと。

「マキちゃん、遠慮してるんじゃないか？　お前と路子ちゃんの間に入っちゃいけないって」

「でも、今まではちゃんとメールくれたし……」

その時、スマホの向こうから吐息が聞こえた。僕はそれが気になったが、続けた。

「路子がいるのに、あんまり他の人と親密になるのもどうかと……」

「そうだな」

薫の返事が聞こえる。

「路子ちゃんを亡くした心の傷は、そうそう簡単に癒されないよな。体の傷と同じで」

「そうだよ」

返事をしながら僕は、ちょっと複雑な気持ちになった。人に言われると、どこか納得できないことだ。僕がずっと思っていたことだったのに。

「でもさ」

薫がスマホを持ち直す音が、小さく聞こえた。

「傷は一生残っても、痛みとか出血は止まる時が来るんじゃないかな」

「えっ……」

「俺は薬剤師だぞ。それくらいわかるよ」

「……」

「まあ、あとは自分で考えるんだな」

電話は切れた。

僕はスマホを手にしたまま、ぼんやりとしていた。

自惚れではなく、マキさんが僕を想ってくれることはわかる。誰も、何とも思っていない異性に、こんなに花を贈ってきたりしない。

でもやはり、マキさんとそういう風になるのは、路子への裏切り行為なんじゃないだろうか――。

＊

ホテルが忙しくなるゴールデンウイークを間近に控えたある日の夕方。夜勤の僕がデスクに着くと、ほどなく、マキさんのお兄さんがやってきた。

「月岡様」

僕は驚きながらも、笑顔で彼を迎えた。冬に、ここで挙式された彼のことはよく覚えている。

「その節はありがとうございました」

「ども」

彼は、短く返事をした。

「こちらへどうぞ」

僕は、彼をゲストルームに案内しようとしたが。

「いや、すぐ済むから」

そう言って彼は、コンシェルジュデスクの前の椅子に座った。

マキさんの話だ。僕は身構えた。

「マキのことなんだけどさぁ」

案の定、彼は身を乗り出して、僕にだけ聞こえる声で囁いた。

「明日、東京へ行っちゃうんだよ。俺が前に勤めてた花屋に就職するんだ」

えっ。

「……そうなんですか」

僕は相槌を打ったが、そんなこと知らなかった。

「十二時ちょうどの『かがやき』。マキを少しでも思ってくれるなら、見送りに来てくれないか」

彼はそれだけ言うと立ち上がり、僕の返事も聞かず、ホテルを後にした。

そして。

夜勤明けの時は、いつも仮眠を取る僕だが、その翌日はなかなか寝付けなかった。時計は、十一時半を指している。今なら、行こうと思えば行ける。でも、それは、路子を裏切る行為にはならないのだろうか。

その時だった。僕は、薫が言ったことを思い出した。傷は一生残っても、痛みや出血はいつか止まる——。

〈このことだったのか〉

今僕が行かなかったら、マキさんは淋しい気持ちで旅立つことになるだろう。あの時、マキさんが路子の敵を取るために立ち上がった時、マキさんを守るって決めたんだ。

今すぐ、マキさんを奪うことはできない。でも、この胸の痛みと出血が止まる日がくるのなら——。

それまでマキさんが待ってくれることを祈りつつ、僕は家を飛び出し、車のエンジンをかけた。


長野駅は、多くの外国人観光客で賑わっていた。僕は、その向こうに、マキさんを見つけた。キャリーカートを転がして、今にも改札に入ろうとしている。

「マキさん！」

僕は、人目もはばからずに叫んだ。周りの人が一斉に振り返った。——マキさんを除いて。

マキさんだけが、ワンテンポ遅れて振り返った。

「克巳さん！」

マキさんは驚いて、僕を見た。お兄さんは何も言っていなかったのだろう。僕は、急いでマキさんに駆け寄った。

「克巳さん、どうして……」

戸惑うマキさんに構わず、僕は息を整えると、言った。

「必ず迎えに行きます。少し時間を下さい」

マキさんは、俯いた。

「もう、お会いしないつもりだったんです。長野にいると、どうしても克巳さんのことを思い出しちゃうから、会社を辞めて、東京へ行こうと……」

僕は、首を横に振った。

「僕には、マキさんが必要なんです。ただ……」

それ以上は言えなかった。今は気持ちの整理がついていないと。路子に対して、区切りがついていないと。

マキさんは顔を上げ、笑みを見せた。

「わかります」

「じゃあ、待っていてくれるんですね？」

僕の問いに、マキさんは、

「……はい……」

と、静かに頷いた。

「私だって、克巳さんが必要です」

僕は、マキさんに手を差し出した。マキさんも、おずおずと手を差し出す。僕は、その手をしっかり握った。

そして、手を離した。

今日は手を離す。だけど、ずっと手を離さない日がいつか来る。


「じゃあ」

マキさんは、踵《きびす》を返したが、振り向いた。

「またメールします」

また連絡をくれる。僕たちの交流は続く。それは僕も望んでいたことだと、今更ながらに気づいた。

マキさんは前を向くと、もう振り向かなかった。そしてそのまま改札の向こうに消えた。

了

あとがき

あれは、中学生の時でした。文化祭のクラス展示で、将来何になりたいかを、全員の分展示しました。他のみんなは、保育士さんとか、美容師さんとか、割と現実的な夢を書いたのに、私は、小説家になりたいと書きました。

その時は、特になんとも思わなかったのですが、問題は高校の時です。卒業文集に、十年後の自分を思い描いて書くという企画をしました。女子校だったこともあり、高三ともなればみんな、結婚や出産を意識したことを書きました。それなのに私だけが、まだ小説家になるとか書いていたのです。文集が出来上がった時、ちょっと恥ずかしかったことを覚えています。

それからは、新人賞や文学賞に応募するも鳴かず飛ばずの日々が続き、ついに、プロの小説家になることは諦め、同人誌に作品を発表するようになりました。その同人誌だって、印刷所に頼んで印刷などしたら、在庫を抱え込むことになるので、イベントがあるたびに、ほんの数冊自分の複合機で印刷して、表紙を付けて、マスキングテープを背表紙にしたものでした。

そんな時、風向きが変わりました。

この、『ＦＬＯＷＥＲ』の元になる作品の同人誌が、あるイベントのパンフレットに紹介されたのです。ＦＬＯＷＥＲの同人誌を買って下さった方が、そのイベントの事務局に感想を送って下さったのが切っ掛けでした。その件で、イベントの事務局からメールが来たときは、びっくりして部屋の中を三周走り回りました（笑）。それまでは、そのパンフレットに紹介される本を見て「いいなぁ、羨ましい」と、ずっと思っていました。そして、「どうせ私なんか」と……。それが私に降りかかってきたのですから、この日を境に、私の心持ちも変わりました。

例えば、四十歳になった年のお正月に、地元の善光寺へ初詣に行った時のこと。「四十代のうちに小説家になれますように」とお参りして、おみくじを引いたら「願い事叶わず」と出てショックでした。でも、イベントのパンフレットに紹介された日を境に「四十代では無理でも、五十代ではなれるかもしれない」と思えるようになったのです。

それから、二十歳の時。小説家になれるかどうか、占い師の人に占っていただいたところ、「相当の努力と苦労が必要」と言われました。遠回しに無理だと言っていると解釈した私は、その占い師さんを逆恨みしたりしました。でも最近になって、時間はかかったけど、小説家になるための努力も苦労も十分したんじゃないかという気がしてきたのです。

そして、ダメ元でＴＯＫＹＯ ＦＭのラジオドラマに、ラブストーリー色を強くしたＦＬＯＷＥＲを送り、今回の出版に漕ぎ着けたのです。

最後になりましたが、この本の出版にあたって、尽力して下さった皆様、そして、読んで下さった貴方、ありがとうございました。またいつかどこかで。

著者プロフィール
原山 玲子（はらやま れいこ）
1967年、長野市生まれ。清泉女学院短期大学卒業。
長野市でIT企業に勤める傍ら同人誌を執筆、発行している。同人活動期間は約30年。

FLOWER

2021年4月15日　初版第1刷発行

著　者　原山 玲子
発行者　瓜谷 綱延
発行所　株式会社文芸社
〒160-0022　東京都新宿区新宿1－10－1
電話　03-5369-3060（代表）
03-5369-2299（販売）

印刷所　株式会社平河工業社

Ⓒ HARAYAMA Reiko 2021 Printed in Japan
乱丁本・落丁本はお手数ですが小社販売部宛にお送りください。

送料小社負担にてお取り替えいたします。

本書の一部、あるいは全部を無断で複写・複製・転載・放映、データ配信することは、法律で認められた場合を除き、著作権の侵害となります。

ISBN978-4-286-21965-3